QUANDO O VENTO SOBE

GERENTE EDITORIAL Roger Conovalov	
PROJETO GRÁFICO Lura Editorial	Todos os direitos desta edição são reservados à Nicoletta Mocci
DIAGRAMAÇÃO Juliana Blanco	**LURA EDITORIAL – 2019** Rua Manoel Coelho, 500. Sala 710
REVISÃO Mitiyo Murayama	São Caetano do Sul, SP – CEP 09510-111 Tel: (11) 4318-4605
CAPA Lura Editorial	Site: www.luraeditorial.com.br E-mail: contato@luraeditorial.com.br

Todos os direitos reservados. Impresso no Brasil.

Nenhuma parte deste livro pode ser utilizada, reproduzida ou armazenada em qualquer forma ou meio, seja mecânico ou eletrônico, fotocópia, gravação etc., sem a permissão por escrito da autora.

Catalogação na Fonte do Departamento Nacional do Livro
(Fundação Biblioteca Nacional, Brasil)

Mocci, Nicoletta
 Quando o vento sobe / Nicoletta Mocci. 1ª Edição, Lura Editorial - São Paulo - 2019.

ISBN: 978-65-80430-34-5

1. Ficção 2. Romance I. Título.

CDD - B869.3

Índice para catálogo sistemático:
I. Ficção .B869.3

www.luraeditorial.com.br

Nicoletta Mocci

QUANDO O VENTO SOBE

Cando si tenet su bentu est prezisu bentulare

Lura
EDITORIAL

Aos meus pais, pela vida que me proporcionaram e me proporcionam.
À minha tia-avó, Nina, pela sua ironia e sua risada de luz.
E claramente à minha avó, Flavia, pelo simples fato de ser.

Antes de começar a ler esta novela...

...tire um tempo para fazer um café e impregnar o ar daquele aroma. Pegue seu café, sente-se naquele sofá gostoso, ligue o Spotify e deixe rolar esta playlist, porque literatura e música são almas afins.

Area, Gioia e Rivoluzione
System of a Down, Aerials
Valí, Naar Vinden Graater
Habib Koite, 'Nteri
Maria Bethânia, Reconvexo
Mina, Ancora, ancora, ancora
Sona Jobarteh, Mamamuso
Metallica, Nothing else matters
Dark Tranquillity, Through ebony archways
Subsonica, Albascura
Maria Bethânia, Teresinha
Nirvana, Come as you are
Mina, L'importante é finire
Marlene Kuntz, Nuotando nell'aria
Forseti, Korn

Xavier Rudd, Spirit Bird
Iron Maiden, When the wild wind blows
Fabrizio de André, Desamistade
Audioslave, Like a stone
Bikini Kills, Feels Blind
Red Hot Chili Peppers, Road Trippin'
Joan Baez, Diamond and Rust
Fabrizio de André, La bomba in testa
Pearl Jam, I am mine
Mercedes Sosa, Gracias a la vida
The Clash, Death or Glory
Shocking Blue, Never merry a railroad man
Cesaria Evora, Bia d'Lulutcha
Angra, Wuthering Heights
Maria Giovanna Cherchi e Piero Marras, Procurade e moderare

...ache sua combinação
certa e... boa leitura!!!

Introdução

Flavia

— Não podem fazer isto comigo, eu preciso ir, estão me esperando!

— *Nonna*,[1] quem está te esperando? A senhora veio pra conversar com a gente...

— Não! Eu vim visitar vocês, mas agora eu preciso ir... *Mammai*[2] está me esperando, devo levar a carne para o almoço... De tarde tenho que trabalhar!"

Ela não entendia o que estava acontecendo. Não entendia porque não a deixavam sair daquela casa. Não sabia quem eram aquelas moças. Elas diziam ser as suas netas, mas ela não lembrava. Estava tudo confuso na cabeça dela. Ela não reconhecia aquelas rugas nas próprias mãos, não reconhecia aquela casa e nem a rua. Aquela era a casa dela? Nunca. A casa dela era maior. O piso era de cimento batido. Por fora, meu Deus, por fora tinha árvores por todo lado, não aquelas fileiras de carros. A casa dela era lotada, todos estavam sempre ocupados fazendo algum trabalho, não tinham tempo de ficar sentados como essas duas moças. Ela tinha

---
1 Avó.
2 Mamãe em sardo, o idioma da Sardenha.

três irmãos e seis irmãs. Ela era a segunda filha, a primeira mulher. Ela não era *nonna* de ninguém. Um dia, talvez, mas não agora.

Agora ela era *senhorinha* Flavia, tinha quinze anos, trabalhava havia pouco tempo na pequena venda, propriedade da Sociedade que administrava o trabalho nas minas. Ela anotava as compras fiadas dos trabalhadores e calculava o desconto a ser aplicado nos salários. Ela era boa nisso. Gostava de números e sabia lidar com gente. *Tziu Basiliu* gostava do trabalho dela, ela sabia. Na frente dela, nunca falava nada, mas ela tinha escutado *babbu*[3] falando para *mammai*:

— Oh, Dina, o Basiliu falou para mim que a Flavia está indo bem, ela tem jeito.

— Está vendo, Nanneddu? O que eu te disse? Essa menina vai longe... A gente tem que incentivar!

— *Porir'essi puru*,[4] mas vai chegar o dia que ela vai casar, ter filhos, e precisará cuidar da casa...

Casar ela bem que queria, mas ficar em casa trabalhando entre fogão e fraldas não era o cenário que tinha imaginado. Não mesmo. Ela era inteligente e teimosa, e era linda. Percebia os olhares dos rapazes, mas não estava na hora ainda. Ela tinha uma família feliz, estava trabalhando e tinha uma vida pela frente. Ali ela se achava. Naquele corpo gracioso, naquela mente rápida e na fala brilhante. Ali se sentia em casa. Aquela era sua vida. Não este emaranhado de casas grudadas, de pessoas desconhecidas, de palavras que não chegavam à ponta da língua, de fios que ela não sabia como puxar e desenrolar.

---

3 Papai em sardo, o idioma da Sardenha
4 Pode até ser, sempre em sardo

Elena

Estavam jantando.

— Tonio, parece que meu tio vai chegar daqui a duas semanas.

— Como é que é? — falou o pai, com os olhos colados na TV.

O jornal estava noticiando a prisão de Sofri, Bompressi e Pietrostefani pelo assassinato do delegado Calabresi, morto dezesseis anos antes. Os líderes de *Lotta Continua*[5] iam ser processados como mandantes do homicídio do delegado Calabresi, síntese de uma época obscura da história italiana. Aquela prisão quase que colocava, simbolicamente, o ponto final aos anos de chumbo, *gli anni di piombo*. Tonio era ferroviário, assim como o anárquico Giuseppe Pinelli, defenestrado em dezembro de 1969 da delegacia de Calabresi. Este último tornou-se, nos meses seguintes, alvo das críticas da esquerda extraparlamentar, principalmente de Lotta Continua. Sua morte, em 1972, foi julgada consequência lógica daquela defenestração. Funcionava assim. Por um que cai de um lado, tem que cair um do outro lado. O balanço final desta batalha, física e ideológica, não foi favorável à esquerda italiana. As perdas morais foram incalculáveis. A prisão de Sofri e companheiros foi o último ato. A Itália não ia ser vermelha, a Itália mostrava-se cristã-democrática até a medula. Sem chances.

Estava pensando nisso, Tonio, meio amargurado, quando a mulher repetiu:

— Tio Ugo vai chegar no começo de agosto.

— Até que enfim vou conhecer esta lenda. Ele vem sozinho?

— Creio que sim — disse Carla.

---
[5] Movimento estudantil-operário de esquerda favorável à luta armada.

Elena estava escutando os pais. Quem era esse tio que papai chamou de lenda? Tinha que perguntar para mamãe antes de dormir.

— Má, quem é esse seu tio Ugo que vai chegar?

— O irmão do seu vô.

— Ele vem de onde?

— Do Brasil. — Brasil? Que lugar era esse? Na escola ela tinha acabado de estudar os países da Europa e tinha certeza que não existia nenhum país com esse nome.

— Oh, Má, onde fica esse tal de Brasil?

— Pegue o atlas e procure.

Elena pegou e procurou. Os dedinhos corriam nos mapas. Canadá. Estados Unidos da América. México. Venezuela. Pronto. Aí está. Brasil. *Accidenti!*[6] Como é grande!!! Quase um continente inteiro. Como será que é o povo de lá? Continuou procurando e achou: indígenas, negros, descendentes de europeus, descendentes de japoneses. Isto sim que era um país interessante, pensou a pequena Elena.

E tio Ugo chegou. E Elena, sempre que podia, subia na casa do vô, sentava bem pertinho dele e escutava o tio Ugo contando para o irmão as suas aventuras. Casou, estava trabalhando e tinha seis filhos, os maiores já casados. Ele contava de florestas e oceano. De metrópoles e vilarejos. De mortes súbitas e nascimentos nunca planejados. Elena escutava esse tio e imaginava. Era bonito esse tio-avô. Tanto quanto o vô, mas seus olhos eram mais profundos. Ele tinha a serenidade do vô, mas, ao mesmo tempo, parecia mais inquieto, mais corajoso. Ele tinha o mesmo costume do vô de estalar a língua. Elena entendia que esse tio era o diferente da família. Cada família tem um. Não necessariamente uma ovelha negra, mas alguém que enxerga de uma maneira diferente, alguém

---

6 Caramba!

que se deixa levar pela imaginação, alguém que procura algo que nem sabe o que é, alguém que não quer pensar no preço que terá que pagar ou, simplesmente, que não se importa com isso. Elena reconhecia aquela inquietação. Parecia algo bem familiar. Elena olhava aqueles olhos e aquele sorriso e pensava que, talvez, ela também ia ser assim daqui a quarenta ou cinquenta anos. Ela também ia achar e depois contar o seu Brasil. Talvez não seria propriamente o Brasil, mas pouco importava.

Era 1988 e Elena tinha oito anos e muitos anos de estudo ainda pela frente.

Capítulo 1

Flavia

Desde pequena ela tinha visto aquele brasão. Dois martelos cruzados com três estrelas e embaixo as letras V e M. *Vielle Montaigne*. Era uma Sociedade belga, papai falou. Que no fim do século anterior tinha comprado a concessão da mina e tinha começado a construção da vila, San Benedetto. Sua vila era um centro de trabalhadores nas minas. Sim, porque os senhores não eram de lá. Eram senhores de terno e gravata que raramente apareciam. Gente limpa que sabe como fazer prosperar. Cada um em seu espaço. Eles sabiam como fazer prosperar e os outros sabiam trabalhar. Sabiam como extrair os minerais. Estava no sangue de quem nascia naquela região da ilha onde existiu a lendária Metalla. O Império Romano enviava os prisioneiros de guerra para trabalhar lá. Chumbo, prata e agora zinco. E estava no estômago, também. Isso que colocava comida na mesa. E nas vias respiratórias. Extrair minerais reduzia a expectativa de vida. A morte os encontrava quando ainda não tinham aparecido os primeiros cabelos brancos.

No mundo onde ela nasceu tinha ordem. Uma ordem feita de pessoas com recursos diferentes que tinham obrigação de desempenhar o próprio papel sem gerar desordem. Até em sua família era assim. Papai era autoridade máxima, depois a mamãe e depois eles, os dez filhos, por ordem de nascimento.

Mas lá fora era meio diferente. Havia pessoas que não se conformavam em trabalhar e trabalhar e ter menos que outros que nem sujavam as mãos. Ou não ter nada. Seis anos antes de a Flavia nascer houve a chacina de mineiros em Iglesias, cidade perto da vila. Onze de maio de 1920, sete mortos e 26 feridos. Oito mil trabalhadores das minas tinham entrado em greve em dezembro de 1919 exigindo um salário melhor. Meses de greve, além da forte repressão, levaram mulheres e mineiros a reclamar pela falta de pão. A direção da Sociedade, mostrando a própria intransigência, comunicou que iria cortar meia jornada de trabalho aos operários que participaram da manifestação. Foi aí que a raiva estourou. Os operários na manhã de 11 de maio encontraram o diretor no próprio carro, em frente ao edifício da direção, forçaram-no a sair e o empurraram por quilômetros, seguidos por cerca de duas mil pessoas, em uma caminhada até o centro da cidade, mas a polícia já tinha sido alertada. O desfecho foi trágico.

O ano seguinte, 1921, foi criada a primeira secção *dei Fasci Italiani di Combattimento*[7] na cidade, por iniciativa de três ex-comandantes do Exército, financiada por altos dirigentes das minas.

Flavia nasceu no fascismo. Flavia era filha de um supervisor. Era para aceitar essa situação menos pior em que ela teve a sorte de nascer. Ordem precisava. Para evitar chacinas. Para evitar os mortos. A fome já podia matar mais que a polícia. Aqueles que não tinham tanta sorte tinham que se conformar. A Igreja estava lá para ajudar. Os amigos também. A solidariedade era um valor. A revolução, não. Era tolice achar que algo pudesse ser mudado. Ordem. Ordem. Ordem.

---

[7] Movimento criado por Mussolini em 1919 e precursor do Partido Fascista.

Flavia vivia em um mundo que devia ser imutável mas que tinha sua dose de mistério, de superstição. Como quando Peppina passou mal e mamãe, cada manhã por sete dias, levava-a até a frente de uma aroeira e fazia uma oração: *Buongiorno Goppai Marropiu, donamí sa saluri vossa ca si ongu su mali meu* (bom dia, compadre Marropiu, me dê sua saúde que eu vou lhe dar meu mal). E a glândula em supuração no pescoço da Peppina sumiu. Ou como quando Nina estava com uma infecção no olho e mamãe a levou no galpão da velha administração por cinco dias para o *Tziu* esfregar um composto com algumas ervas e fazer o sinal da cruz. Hospital na vila não tinha, somente em Iglesias e ele era para casos muito mais graves. Casos que a sabedoria popular não conseguia resolver, como quando mamãe e papai tiveram que descer a serra a pé de madrugada porque a febre de Maria não abaixava nem com ervas nem com reza. Porque a dona Dina era supersticiosa, mas era mãe e foi órfã. Criada por um tio e uma tia. Ela não ia perder filho nenhum que tivesse nascido com vida. As guerras e a pobreza que dessem licença.

Flavia nasceu nessa família de mãe severa, de pai rígido, de irmãos e irmãs que tinham cada um seu papel para o bom funcionamento da casa. E sua personalidade. E não era fácil. Eram muitas pessoas em uma casa só, mas o amor costurava essas diferenças. Aquele tipo de amor que não se escolhe. Aquele amor que não era feito de muitos abraços, mas de dividir o pão em partes iguais. Aquele amor que não era aquecido por um beijo na testa antes de dormir, mas por um despertar no meio da madrugada para preparar o fogo que ia aquecer a casa inteira e criar as brasas que a criançada ia levar na escola para se esquentar. Um amor feito de poucas palavras e muitas atitudes.

Elena

Acordou. Ele estava aí. Dormindo sem travesseiro. Elena achava engraçado. Ficou observando aquela boca bem desenhada. Aquela expressão calma. Prestou atenção naquele respiro quase imperceptível. Elena percebia algo novo a cada dia. Ele preferia escutar a falar. E sabia escutar. Fazia tempo que Elena não tinha por perto alguém que soubesse escutá-la. Fazia tempo que ela não tinha por perto alguém que a fizesse estar presente no momento da maneira que ela precisava. Da maneira complexa que ela era. Não só sexo. Não só cérebro. Sem atritos. Sem cobranças desnecessárias. Conhecia-o aos poucos e ia se encontrando um pouco mais com si mesma. Com aquela mulher que muitas vezes escondia. Com aquela que escondeu durante boa parte de seu casamento para não criar problemas.

Elena olhava para ele e se sentia bem. Conseguia ver os problemas pelos quais estava passando de uma perspectiva menos avassaladora. Em abril, tinha sido demitida de uma escola. Em maio, de outra. Estava agora em três escolas, mas sem registro na carteira. Uma precariedade que a fazia se sentir sem chão a maioria das vezes. E com raiva. Ah! essa raiva. Ela estava seriamente determinada a controlá-la. Canalizar a fúria para algo que valesse a pena e não tirasse seu sono.

Foi nesses dias que aconteceu. O candidato da direita conservadora tinha sido esfaqueado em uma passeata. Isso ameaçava mudar o cenário eleitoral para o pior. O candidato do campo progressista preso e um vice não definido ainda. Elena estava seriamente preocupada. Em dois anos de Golpe, tinha sido aprovada a PEC 95, que congelava os gastos governamentais na área social. Aprovaram também a reforma trabalhista e a terceirização irrestrita. A violência no campo tinha aumentado e o quadro em relação aos direitos das mulheres estava significativamente piorando. Elena sentia-se desnorteada. Separada. Estrangeira. Mãe de uma filha pequena. Longe da família. Tentava se lembrar do tio--avô. Daquele olhar. Foi correndo se olhar no espelho. Estava lá. Olhar intenso, profundo, inquieto. Corajoso. E sorriso nos lábios.

"Acho que você precisa aprofundar mais e ampliar", tinha falado a amiga para ela. Ela queria contar. Contar o que estava dentro. Colocar para fora. Livrar-se. Um ciclo estava fechando e outro começando. Era para ser agora. Terapia contra a raiva. A tristeza. O desânimo.

E começou a parar de se esconder. Começou a cavoucar. Dentro de si. Às vezes, encontrava pedras, às vezes, rios. Serras íngremes e descidas perigosas. Às vezes, tinha que parar e, às vezes, tinha que correr. Às vezes ria e às vezes chorava. Em companhia ou sozinha.

Foi desse jeito mesmo, na marra, que começou a escrever.

Capítulo 2

Flavia

Quando a viu na porta da venda com aquela expressão preocupada, entendeu na hora. Peppina entrou e falou bem baixinho no seu ouvido:

— A gente não está encontrando. — Ah! De novo, pensou Flavia. Peppina tinha voltado da roça e a mamãe não estava em casa.

— Tu já foi ver na velha administração? — disse Flavia baixinho, empurrando a irmã para o canto.

— Sim, fui lá, fui na igreja, fui na tia Mariedda, passei de longe na *laveria*[8] para ver se ela estava lá, mas nada. Voltei correndo para papai não me ver.

— Eh, fez bem. Melhor que ele não saiba mesmo. Foi no Goppai Marropiu?

— Egidio foi lá.

Logo que Peppina disse isso, Egidio entrou na venda e falou que tinha achado. Ela estava escondida atrás da árvore de figo perto da aroeira. Levou-a para casa e a deixou com a Maria. Peppina correu para casa para ver a mãe, seguida por Egidio.

---
8 Lugar onde os minerais eram quebrados, limpos e classificados.

Era já a quarta ou quinta vez que a mamãe fugia de casa e se escondia. Além daqueles olhos vermelho-fogos. Ela chorava o dia inteiro. E à noite também. Eles não tinham notícias de Vitorio havia quatro meses. Ele tinha partido para o serviço militar obrigatório e após os primeiros meses em La Maddalena, tinha sido enviado para La Spezia. Depois de dois meses lá, acabaram não recebendo mais notícias. Papai tinha até pedido para um tio ir até lá para ver se o encontrava. Construiu uma mala de madeira para tio Antonigheddu, enfiou um pedaço de cabrito e queijo, mas o tio já tinha voltado sem boas novas. Mamãe não aguentou. Ao choro se juntaram as fugas. Depressão, dizia a sabedoria popular através da boca de tia Mariedda. Não era fácil aguentar o tranco de não ter notícias do primogênito em serviço militar durante a guerra.

E acontecia isso. Ela fugia e quando a encontravam ela parecia estar em choque. Não falava nada. Só chorava. Era difícil ver a mãe assim. Esta guerra estava gerando muitos problemas, pensava Flavia.

Em dezembro do ano anterior, a Marinha Imperial Japonesa tinha atacado Pearl Harbor e Alemanha e Itália acabaram declarando guerra aos Estados Unidos. O conflito tinha se tornado mais difuso e mais cruel. Naquele dezembro de 1942, enquanto Vitorio estava desaparecido, outro italiano, Enrico Fermi, dirigiu e controlou a primeira reação nuclear em cadeia em seu laboratório, na Universidade de Chicago. Esse experimento abriria o caminho para aquele que seria conhecido como Projeto Manhattan, o programa estadunidense para a criação das bombas atômicas que em 1945 destruiriam Hiroshima e Nagasaki. Bombas desnecessárias no fim daquele conflito mundial, mas que seriam utilizadas como ameaça durante as décadas da Guerra Fria.

A energia nuclear levou a um novo patamar de desenvolvimento tecnológico e econômico que moldaria a história social, política e econômica do mundo inteiro no pós-Guerra, incluindo a vida de Flavia e de sua família.

Elena

Duzentas e noventa vítimas. Entre elas, crianças. Os fortes tremores começaram as 3h36 da madrugada do dia 24 de agosto de 2016. Seis graus da escala Richter. Casas, hotéis, estradas: tudo para baixo. Duzentos e noventa mortos debaixo dos escombros. Zona sísmica reconhecida e sempre castigada pelos movimentos internos da Terra. O resgate conseguiu salvar alguns, mas o desastre foi enorme, principalmente na cidade de Amatrice.

Elena tinha lido as notícias, tinha visto as fotos. A tragédia nos rostos das pessoas. Pela internet, do outro lado do mundo e vivendo na própria zona sísmica. Os tremores eram cada vez mais frequentes, cada vez mais fortes. E ela ficava se questionando o que a impedia de se afastar daquele epicentro, daquele lugar cheio de escombros de sonhos arruinados. Cada vez caía um pedaço daquele castelo e cada vez ela conseguia se acostumar com a falta.

Aconteceu de repente. Era começo de dezembro, estavam almoçando, ele estava olhando o celular e ela olhando para ele. Sentiu o tremor no estômago, depois no coração e rápido chegou ao cérebro. "Acabou. Atração. Amor. Paixão. Afeto." O último abalo foi o mais forte e o mais longo. Respeito e esperança cega vieram para baixo. Não sobrava mais nada daquele castelo.

Estava na hora de ir, de se afastar. E ela foi. Afastou-se aos poucos daquele casamento que era fonte de tristeza mais que de joia, de frustração, de falta de estímulos, de estresse. O afastamento físico foi o último a se concretizar. Ela deixou de se cobrar, de segurar as coisas para ficar de pé, de se esforçar. E o que sentiu foi paz. Alegria. Alívio. Ela sentia que não estava fugindo, estava simplesmente saindo, de algo onde ela não cabia mais. Onde não cabia sua personalidade. Seus sonhos e seus projetos.

Uma época estava se fechando na vida dela assim como no processo histórico de vários países, principalmente na América Latina. O ciclo progressista estava se esgotando e no Brasil isso vinha carregado de retorno a preconceitos nunca extirpados por completo. De classe, de raça, de orientação sexual. Ataques ao feminismo começaram a acontecer com mais frequência. Começou a se naturalizar a precariedade do trabalho, a romantizar as tentativas dos trabalhadores de reduzir os efeitos da exploração dando a nova roupagem da meritocracia. O preconceito contra LGBTs e a consequente violência nunca encontraram tão pouca reprovação em comparação com as últimas décadas.

Ela estava começando a sentir forte a necessidade de aproximar sua vida quanto mais possível de suas convicções, principalmente no que dizia respeito ao feminismo. Por uma moça que nasceu em um lar, uma época e um país em que o feminismo não parecia tão necessário, chegar a um país numa época e construir um lar que se tornou prisão, o feminismo se tornou mais do que necessário tanto na teoria quanto na prática. E ela começou a construir pontes entre a teoria e a práxis, a abandonar a ideia de amor romântico, da completa dedicação. E começou a construir amizades ao longo desse caminho de transformação.

Parecia que nem todos os terremotos vinham acompanhados pela tragédia. Alguns deles vinham pela necessidade da reconstrução.

Capítulo 3

Flavia

— Flavia! Flavia! Acorda! Anda logo, a sirene vai tocar.

Poxa, de novo. Naquele mês, ela perdeu a conta de quantas vezes a sirene tocou. De quantas vezes tinha ouvido a voz de Vitorio, em licença, acordando-a para correr. De quantas vezes teve que dar uma bronca em Maria porque demorava demais para levantar. De quantas vezes teve que pegar Silvana no colo para ir mais rápido. De quantas vezes viu o rosto severo da mãe, transfigurado pelo medo. De quantas vezes escutou Gabriela chorar alto e Egidio tossir baixinho.

Ela tinha raiva de não poder dormir. Não entendia por que os ingleses estavam bombardeando sua amada terra. Tomara que o *Duce* acabe logo com essa guerra, pensava. Ela sempre escutava o pai dizer que precisava defender a pátria. Que Mussolini era o melhor para a Itália. Até tinha doado as alianças dele e da mamãe ao governo num esforço econômico-patriótico. Uma vez, viu o pai muito chateado por uma discussão na venda com outro senhor que ela não conhecia. Este dizia que Mussolini era um ditador e que o governo dele ia cair rápido porque os italianos não queriam essa guerra. Que tinham que fazer como uns tais de bolcheviques lá longe, na Rússia. Que foram heróis. Ela entendia pouco de heróis, mas sabia que o pai era um deles. Mesmo durante a guerra, conseguia botar comida na mesa para doze bocas. O pai a deixava trabalhar fora de casa, fazendo algo de que ela gostava muito. O pai não batia na mamãe. E o pai os avisava antes de tocar a sirene para a vila inteira. Para eles correrem antes de todos os outros, para acharem um espaço mais seguro lá, numa das bocas da mina que não eram utilizadas.

Então ela corria, junto com irmãos e irmãs. Ela e Vitorio puxando os outros e com os menores nos braços porque a mamãe não descia até papai tocar a sirene e chamar todo mundo para descer também. Lá nos buracos, no centro de sua terra.

Era guerra sim, mas também era começo de primavera na vida de Flavia. Primavera real e figurada. Rapazes iam rondando a venda. Nunca *tziu* Basiliu tinha visto tantos jovens ajudando, com tamanha vontade, as próprias mães nas compras. Annibale era o nome de um moço que parecia ser o mais ousado. Olhares intrépidos, sorrisos furtivos quando *tziu* Basiliu não estava olhando. Flavia contracambiava olhares, mas não sorrisos. Não mais do que era necessário para preservar a polidez indispensável para uma vendedora. Annibale era bonito, com toda certeza, mas mulherengo também. Sorrisos eram dispensados sem dó na praça da Igreja, nos fins de semana, para todas as moças bonitas. Quem sabe o que mais ele conseguia dispensar na subidinha para o morro atrás da Igreja. Cinco Ave-Marias, Flavia dizia baixinho para si mesma. Deus me livre destes pensamentos impuros.

— Aqui está o açúcar, *tzia* Mariedda. Um beijo pra Carmen e Tina e até logo.

Era abril de 1943. Dezessete anos de entusiasmo que a guerra não conseguia dobrar. Flavia tinha os olhos cravados no futuro.

Elena

Deitada na cama, estava começando a sentir leves contrações. Quando deu sete horas, ligou para a cunhada para que a levasse ao hospital. No hospital, disseram que ainda não tinha dilatação suficiente e a dilatação suficiente não chegou nem quando, à noite, a bolsa estourou. Às quatro da madrugada, foi levada de urgência para a sala da cesariana e meia hora depois estava com aquela vida nova nos braços. Um serzinho minúsculo com os olhos enormes e abertos. A primeira mamada foi de olho aberto e com aquela pequena mãozinha segurando o peito dela. Ela sabia que aquilo era um reencontro de duas vidas que ficaram separadas por um tempo e decidiram se reencontrar como mãe e filha nessa vida e tudo veio muito natural. Ela não sentia medo, mas o que ela sentiu nos primeiros meses foi muito cansaço. Aquele agosto e setembro de 2013 foram também meses de isolamento em contraste com o que estava acontecendo perto dela, na sociedade onde ela vivia.

As jornadas de junho ainda ecoavam no ar, mesmo naquela cidade nova do coração do Brasil. Os protestos foram comparados às primaveras árabes. Eles foram impulsionados pelo movimento passe livre, mas logo foram apropriados por forças opostas àquelas que saíram às ruas no começo de junho. O que nasceu como um protesto da classe trabalhadora, aquela afetada pelo aumento da tarifa de ônibus, se tornou, ao longo das semanas, um protesto generalizado contra a corrupção e contra o governo de Dilma Rousseff. As forças da direita neoliberal começaram a dividir o espaço com uma nova direita, uma direita jovem, conservadora, capaz de mobilizar pela internet e passar suas mensagens mais rapidamente. Uma direita evangélica também. Na eterna luta entre capital e trabalho, o capital estava ganhando mais aliados. As narrativas estavam sendo mudadas e nesse processo a burguesia estava se aliando principalmente com as igrejas evangélicas, apropriando-se de várias pautas fundamentais para elas. Um dos mais influentes think tanks, o Instituto Liberal, é reformulado institucionalmente exatamente em 2013 com o objetivo também de utilizar a nova linguagem e canais das redes sociais para recrutar novos apoiadores e espalhar o credo neoliberal e conservador. No ano anterior, tinha sido completada também a estratégia de entrar no meio estudantil, principalmente universitário, por meio dos Estudantes pela Liberdade e seu braço militante, o MBL, que começava a dar as caras justamente nas manifestações de junho.

Por estranhas coincidências da vida, enquanto a América Latina, e o Brasil especificamente, eram cenário de uma guinada à direita, na Europa morria Margaret Thatcher, a chamada Dama de Ferro, que, nos albores dos anos 1980, fez do Reino Unido o primeiro país da Europa a bater de frente com as ideias keynesianas e o Estado de Bem-Estar Social.

Capítulo 4

Flavia

— De você não recebi ainda nenhuma resposta. As palavras ressoavam na cabeça dela. Enquanto estava fazendo as contas, enquanto se vestia de manhã, enquanto sentava à mesa, com a família, para jantar. Ela queria responder, ah se queria. Ela teria dito que se apaixonou desde quando cruzou seus olhos tímidos. Poderia dizer que nunca na vida tinha sentido um friozinho na barriga como naquele momento. Poderia dizer para ele que aceitava, sim. Para o que der e vier.

Poderia, mas ela era Flavia. Segunda de dez filhos. Adolescente no meio da Segunda Guerra Mundial. O romantismo não caía bem neste momento histórico, assim como não combinava com sua personalidade. Toda sua energia era a serviço de seus sonhos. Sonhos de independência. Um marido ela queria, mas o objetivo final não era o casamento. O casamento era um meio para construir essa independência.

Desde pequena ela conseguia entender as pessoas. Porque as observava, bastante. Ela entendia Francesco e o que compreendia dele, deixava ela à vontade. E ele era lindo, educado e elegante.

E não era somente isso. Ele tinha coragem. Para se declarar à filha do amigo, precisava de coragem mesmo. Principalmente considerando o caráter impetuoso do amigo, o pai dela. Ele se dirigiu a ela como Flavia, e não como filha de Nanneddu. Como aquela mulher que ela sentia ser e que os pais se recusavam a enxergar. Ele a tratou como par, mesmo tendo o dobro da idade que ela tinha agora. Dezoito anos. Escreveu para ela: "Não me faça esperar muito, por favor, me dê uma resposta que possa satisfazer os meus desejos, caso contrário, pararei." Ele não estava brincando. Queria ela e do jeito certo. Assim ou nada. Foi isso que fez ela decidir. O respeito por sua individualidade. Ela suspeitava que com isso dava para construir um lar onde pudesse caber seu desejo de realização profissional. E junto com isso, o amor.

E então por que não respondia? Porque ia ser difícil fazer os pais aceitarem que ela queria se casar com um homem de 36 anos. E ela não queria fugir, não. Sua independência não ia ser construída na fuga. Ela queria casar com o pai do seu lado. Com parentes e amigos sorrindo para ela. Ela não era romântica mas era tradicionalista. Era para ser na igreja e vestida de noiva.

Esse armistício chegou na hora errada. O pai andava bem nervoso, porque em julho Mussolini tinha caído. Em setembro, o governo italiano, na pessoa de Badoglio, assinou o armistício com os aliados. Badoglio e o rei fugiram de Roma logo depois do armistício. Para Bríndisi, bem debaixo das saias dos americanos. Traidores, dizia papai. Deixaram os soldados, pobres jovens, da idade de Vitorio, sem saber contra quem estavam lutando. E os alemães mataram sem dó. A 90° Divisão Panzergranadier estava a 75 km cerca de San Benedetto, sua adorada vila. Ainda bem que o general Basso deixou as tropas alemãs seguir para Corsica, dizia papai. Se tivesse acatado as ordens do alto comando do exército, de atacar os alemães, teria acontecido uma carnificina.

Em dezembro, a situação estava se acalmando, mas ainda não tinha um prazo definido para essa guerra acabar. Só mudaram de lado. Ela estava farta de tudo isso. Papai andava agitado também porque os comitês antifascistas estavam começando a ganhar mais força na ilha. Em sua amada terra. O pequeno mundo do pai estava ruindo, caindo em pedaços. Ele não ia aceitar facilmente ver a filha sair de casa e se tornar mulher.

— Flavia, seja razoável! Ele tem o dobro dos seus anos. Você vai se tornar serva dele! E a venda? Trabalhou esses quatro anos para quê? Botar tudo a perder?

— Escute seu pai, menina! *Ciccittu* é uma boa pessoa mas é homem, você é uma criança ainda. Já pensou porque ele não casou ainda? Ele é homem de experiência, se é que você me entende.

O ano de 1944 foi inaugurado com meses de conversas intermináveis que acabaram em escolhas sofridas.

Não dava para todo mundo ir ao casamento. Maria e Peppina passaram os meses de maio a outubro catando tecidos para costurar elas mesmas os vestidos que iam usar no casamento da irmã. Vitorio iria de qualquer jeito mesmo, não se importava com a aparência. Dona Dina foi raspando o pote das economias para costurar um vestidinho bonito para Gabriela, que mal e mal tinha começado a andar. O resto da tropa ia ficar em casa. Egidio não podia mesmo sair porque estava se recuperando de uma pneumonia, consequência das brincadeiras tolas de alguns soldados americanos que o jogaram na caixa de água, onde as mulheres lavavam as roupas, na entrada da vila. Não que ele não tivesse merecido uma reação, mas deixá-lo na água fria foi exagerado. Nanneddu enfureceu-se. Esses tolos invasores, dizia. Nina e Barbara tinham que ficar em casa porque alguém tinha que tomar conta de Silvana e de Franco. E também elas mereciam um castigo, aonde já se viu aceitar balinhas destes ianques, dizia papai.

Dona Dina pegou as chaves e trancou as cinco crianças no quartinho do fundo.

— E não pensem em sair pela janela porque se eu voltar da missa e vocês não estiverem aqui, vão encontrar problemas — disse ela.

Da missa ela voltou só para jogar uma olhada, depois foi para o almoço e quando voltou com um pedaço de bolo para todo mundo, a surpresa. Franco com um desarranjo intestinal notável.

— Eu falei para não comer *su pirastu*[9], mamãe — disse Nina, com seus oito aninhos de ironia, entre uma risada e outra.

— Ele comeu muitas, mamãe... Uma atrás da outra... Ele não me escutou — acrescentou Barbara, com seus dez anos de disciplina e dedurismo.

— Me diga como que tu alcançou a árvore, rapaz! — pediu Dona Dina para Franco, encolhido nos seus seis anos de travessuras perigosas.

Alguém tossiu baixinho lá no canto, traindo seus doze anos de rebeldia marrenta.

— Egidio, tu está bem, então... Bom saber que vai poder voltar à escola amanhã mesmo.

Dona Dina teve a compreensão imediata que Flavia ia fazer falta. Ainda bem que Maria e Peppina não tinham pretendentes à vista.

---

9 Um tipo de pera marrom, muito comum na Sardenha.

Elena

Elena olhava as luzes da noite de dentro do carro. Jamal falava um pouco e parava. Eles não se conheciam muito. Jamal, o mês antes, tinha alugado um quarto na casa onde Elena morava com Valentina, uma chilena com um coração do tamanho da América Latina. Os horários de Jamal e Elena não batiam muito, mas o dia anterior os três tinham conseguido jantar juntos pela primeira vez. Celebrando a chegada de Jamal e a partida da Elena, num inglês atrapalhado que não era de nenhum dos três, mas que conseguia uni-los em torno de uma refeição.

Sim, Elena ia deixar para trás o frio e a rigidez. Os funcionários da City, com maletas pretas, bêbados já às dezenove horas das sextas e o trabalho como garçonete no Nando´s. O edifício da SOAS e os colegas de todas as partes do mundo que ali conheceu. Ia deixar pra trás a risada de Vel, zimbabuana de fibra, e a sabedoria e o entusiasmo de professor Alfredo. Enfim, ia deixar para trás a rainha e seu palácio de Buckingham.

Por incrível que pareça, não era isso que ocupava os pensamentos de Elena, dentro do carro de Jamal, indo para o aeroporto. Elena pensava no que a esperava. Algo muito informe, diga-se de passagem. Ela só visualizava muita luz e muito amor. Com pitadas de realização profissional e de lar. As luzes que ela olhava de dentro do carro eram só prelúdio de uma luz maior, pensava ela.

De Seven Sisters até Heathrow, passando por Finsbury Park e Camden Town, Warren Street e Manor Park. Jamal estacionou o carro, pegou as malas, deu um abraço e cochichou Boa sorte! no ouvido. O cheiro de jasmim, misturado ao perfume Armani, de Jamal, foi a última despedida de Elena daquela Londres multiétnica que a acolheu por dois anos.

Estava esperando para embarcar quando leu a notícia num jornal abandonado numa das cadeiras. David Cameron, primeiro ministro britânico, pedia oficialmente desculpa em nome do governo britânico pela atuação criminosa do exército, 38 anos antes, no Domingo Sangrento. Trinta de janeiro de 1972 em Bogside, Derry, Irlanda do Norte. Vinte e oito civis desarmados que marchavam num protesto pacifico contra a prisão sem processo de 342 pessoas, suspeitas de envolvimento com o IRA, foram atingidos por disparos. Treze morreram no local e um, quatro meses depois, em decorrência dos ferimentos.

Trinta e oito anos para resolver que disparar contra manifestantes desarmados não é uma conduta apropriada. Este é o bom Velho Mundo, pensava Elena. Esta é a Inglaterra boazinha que administrou um Império colonial na base do *divide et impera*. E com as balas. Não vamos esquecer as balas e as espadas, por favor. E as bombas. O império do capital jorra sangue das raízes até as folhas.

"Passageiros para o voo TAP2534, se aproximem do portão seis. Embarcaremos primeiro idosos e famílias com crianças de colo."

Elena olha para o monitor onde lampeja a escrita "Lisboa. *Bording now*". O relógio marca seis horas da manhã. Quinze de junho de 2010. Elena coloca a mochila, e os seus 29 anos, nas costas e se prepara psicologicamente para sua viagem transoceânica. Destino final: Brasil.

Capítulo 5

Flavia

Era começo de primavera. Começo de manhã, de uma manhã de festa. Era o Dia do Trabalhador e muitos estavam lá na Planície de Portella e mais ainda estavam chegando. Para celebrar, de novo, como era tradição, para compartilhar a alegria de enfim vislumbrar uma mudança. Em abril, as eleições regionais registraram um bom crescimento do Bloco Popular, o bloco das esquerdas. O clima parecia favorável e os corações se enchiam de esperança com a possibilidade da reforma agrária como consequência de anos de enfrentamento do movimento camponês aos latifundiários e com o movimento de ocupação das terras. Nem os assassinatos de Accursio e Pietro, dirigente e militante do partido, no começo do ano, conseguiram quebrar aquele entusiasmo.

Vito Alliota, o sindicalista, estava em cima do palco e tinha começado a falar quando, de repente, caiu. E as mulas e uma criança. Estavam atirando de cima do monte Pelavet com mitra e fuzis automáticos. Fuzis americanos, se soube depois.

Era o primeiro de maio de 1947 na região de Palermo. Em Sicília. Um massacre: onze mortos e 33 feridos. Quem foi? Disseram que foi o grupo do bandido Giuliano. E os mandantes? Não tem mandantes, não tem nada a ver com política, é somente coisa de marginal mesmo. De bandido. Aquele bandido que a polícia mataria três anos depois.

Flavia, na outra ilha do Mediterrâneo, não tinha recebido notícia deste fato. Televisão ainda não havia e mesmo que tivesse recebido não teria dado muita importância. Estas coisas aconteciam no dia a dia. O ano anterior ela tinha ido votar para o referendo que pedia para os italianos escolherem entre continuar com a monarquia ou se tornar uma república. Para que mudar? Já tinham deposto o *Duce*, no fim da guerra até tinham conseguido matá-lo e o penduraram de cabeça para baixo. Que cruéis esses *partigiani*[10], pensava Flavia. Qual a necessidade de fazer isso? Para ela, o fascismo não tinha sido tão ruim, até porque o que ela sabia vinha da boca do pai e do que ela via em sua pequena vila. Ela não via guerra, ela via penúria, escassez, pobreza, mas nada a levava a pensar que podia ser diferente com outro tipo de governo.

Foi por esta razão que nas eleições de 1948, as primeiras da república, ela votou na Democracia Cristã. O partido fascista não existia mais e na constituição que tinha sido elaborada lá longe, em Roma, na XII das disposições finais se dizia até que era expressamente proibida a reorganização do partido fascista sob qualquer forma. Então, ela votou pelo que parecia que podia manter a tradição, a Democracia Cristã. Este partido não ia manter somente a tradição, mas também os comunistas fora do poder, fora do governo do país. De Gasperi tinha ido aos Estados Unidos no começo do ano e essa era uma das exigências para receber o dinheiro do Plano Marshall. Então, quem ajudou na resistência, e em alguns casos constituía a maioria nos vários grupos, foi simplesmente afastado. Nenhuma coligação com o Partido Comunista Italiano

---

10 Combatentes armados que pertenciam ao movimento da Resistência ao invasor alemão.

(PCI) ou com o Partido Socialista Italiano (PSI), quem entrou na coligação foi o Partido Socialista dos Trabalhadores Italianos (PSLI), o partido que se formou da cisão da ala reformista e substancialmente social-democrática do Partido Socialista de Unidade Proletária (PSIUP).[11] E assim o Plano Marshall garantia a presença da Itália no bloco ocidental, com ganhos econômicos crescentes podendo alavancar a reconstrução do país, mas com um preço alto a ser pago em termos de política interna e autonomia em campo internacional.

Flavia estava com dois filhos pequenos já, trabalhando na alfaiataria com Ciccittu e construindo a casa acima da alfaiataria. Um andar após o outro. Não era vida fácil, para a televisão entrar na casa ainda tinha que esperar o milagre econômico e para um carro mais uma década, mas a vida seguia. Parecia independência, mas essa independência era dura, pensava Flavia. Muitas obrigações, muito trabalho e muita escassez ainda. Mas ela estava confiante, estava apenas no começo.

A Sardenha também estava apenas no começo de se tornar território de infiltração dos Estados Unidos, primeiramente com a bonificação do território promovida pela Entidade Regional para a luta anti-larvária na Sardenha (ERLAAS), uma entidade a financiamento misto do Governo italiano, da fundação Rockefeller e da Administração da Cooperação Econômica (ECA), agencia estadunidense que financiava o Plano Marshall. O passo sucessivo foram as bases militares americanas no território sardo, quatro no total, que levariam a vários problemas, inclusive ambientais e sanitários, nas décadas porvir.

---

11 Em janeiro de 1947, o PSIUP, nato em 1943 da união do PSI com o Movimento de Unidade Proletária, se separou em PSLI, a ala reformista do PSIUP, que não concordava com a proximidade de posições com o PCI, e em PSI, que foi a parte do partido que continuou na unicidade de listas eleitorais, e de propósitos, com o PCI, chegando a formar a Frente Democrática Popular.

Elena

Ctrl+C e Ctrl+V. O trabalho era tão monótono que ela podia fazer de olhos fechados. Duas semanas. Faltavam só duas semanas. Quando ela entregou o pedido de demissão, achava que ia ter alguma resistência, ou tristeza, por parte de sua supervisora ou do departamento de RH, mas nada. Cada um dos trabalhadores no escritório era substituível. Muito rapidamente, até. Não sabia por que se maravilhava tanto. Fazia dois anos que trabalhava no *backoffice* daquele *call center* e tinha experimentado na pele a indiferença dos patrões, a piora das condições de trabalho, a insegurança, a apatia dos colegas, o peleguismo do sindicato. Aquele dia foi demais mesmo. A denúncia de um *call center* bem maior, perto de Roma, tinha forçado os *call center*s de toda Itália a se regularizar e a fazer uma restruturação. De contrato de colaboração de oito horas diárias, sem direito a férias nem décimo terceiro, o *backoffice* passou a contrato de meio período, de quatro horas, com direito a férias e décimo terceiro, mas com a metade do salário ganho anteriormente. Parte das funções foram realocadas para o novo departamento na Romênia. Não que as meninas de Bucareste ganhassem mais. Quem ganhava nisso tudo era o patrão, que embolsava até incentivo da União Europeia para investir num "novo" país do bloco. E o sindicato ali, no momento da assinatura, perguntando se eles tinham entendido os termos do contrato. Elena queria gritar. Entender, eles entendiam. Muito bem. Vocês tinham que estar na porta do *call center* antes, seus velhos!, pensava Elena, nos ajudando a nos organizar para protestar. Não aqui, agora, de terno e gravata, olhando para nós como se fôssemos uns coitados.

Ela tinha cansado de tentar movimentar os colegas em torno dessa pauta. Eles não queriam se expor e ela ia embora mesmo.

Faltava pouco para a defesa do doutorado e para sua partida, mas que ficava um gosto amargo, ah se ficava.

As suas experiências de trabalho, desde que se formou, foram em *call center*. No último ano da graduação, a Lei Biagi tinha reforçado a precarização do trabalho, já começada no fim da década de 1990. A flexibilização do trabalho era parte das mais amplas políticas neoliberais que moldavam sua vida, até dentro da universidade. Agora doutoranda sem bolsa numa faculdade que não abria vaga, muito pelo contrário, fechava cursos. Apinhoando faculdades. Uma vida sem perspectivas. Não dava para enxergar futuro. Aí, quase como uma escolha obrigada, surgiu a via de escape: emigração.

Era dezembro de 2008. Em julho, o preço do petróleo subiu a 147 dólares o barril, as matérias-primas industriais também aumentaram. Em setembro, o banco Lehman Brothers declarou falência. Os PIBs da Zona do Euro caíram. Palavra de ordem era "Precisamos salvar os bancos". Em outubro, começaram os pacotes salva-bancos da União Europeia. Foram 4 bilhões e meio até 2011. E os trabalhadores? Que Deus os acuda.

Duas semanas de trabalho ainda. Depois, a defesa da tese. Natal com a família, beijos e abraços. Elena ia pegar seu doutorado em História e Relações Internacionais e ia para Londres aprender um pouco mais sobre economia e globalização. Estudar a teoria e as interpretações acadêmicas sobre o que estava influenciando, atrapalhando, mudando o curso daquele caminho que ela tinha escolhido.

Não era só isso, na verdade. Ela ia tentar entender sua precariedade como ser humano enquanto tentava se achar como mulher numa relação. A primeira séria. Em que estava começando a baixar a guarda, Em que estava disposta a passar do eu ao nós. A outra parte do nós estava já lá em Londres, esperando. No aeroporto, bem na chegada, ela não ia receber um *Hello!* mas um sonoro *Olá*. Um *Olá* que ia cheirar a Mata Atlântica, que ia lembrar o barulho da chuva tropical, que ia encantar como a exuberância das cores das araras.

Um brasileiro, sim. Trabalhador nos hotéis, sem visto. A precariedade era poliglota. E globalizada.

Capítulo 6

Flavia

— Ganhei — disse Nina, abaixando todas as cartas que sobravam na mão.

— Ah não, de novo! — rebateu Franco, começando a contar os pontos.

Foi bem naquele momento que escutaram o barulho.

— O portão, Franco! Eles voltaram! — disse Nina, indo dar uma olhada na neném.

Franco guardou rapidamente as cartas até escutar a voz da Nina gritando.

— Vem pra cá, ligeiro! — disse ela, meio assustada.

Quando Franco chegou ao quarto, deparou-se com uma imagem esquisita. A neném, Simona, estava toda bem coberta, mas debaixo do berço. O rosto da Nina transbordava uma mistura de surpresa e medo. Ela foi pegar a neném e olhou direitinho para ela, se estava tudo bem. Ela respirava tranquilamente, com um sorriso no rostinho pequeno e com todos os ossos no lugar.

Nina não entendia, ela não podia ter caído do berço e estar com o cobertor bem enroladinho e sem nenhum machucado. Na casa, estavam somente ela e o Franco. Flavia e Ciccittu tinham saído por um jantar com amigos e eles estavam aí cuidando da neném e das outras crianças que naquela hora já estavam dormindo. Estavam morando aí na casa da irmã, na verdade. Nina para ajudar com as crianças e Franco porque estava aprendendo a profissão de mecânico lá na oficina do irmão de Ciccittu.

De repente, Nina pensou, como que não abriram a porta de casa ainda? Foi abrir a porta, mas a luz nas escadas estava desligada. Foi à sacada que dava na rua e viu quase no fim da rua Flavia e Ciccittu vindo em direção à casa.

— Franco, aquele barulho não foi o portão, eles estão no fim da rua vindo pra cá — disse ela, preocupada.

— Deve ter sido Enziteddu, querendo brincar — respondeu ele, despreocupado.

Nina foi ver no quarto das crianças. Maria Paola dormindo tranquila, Enzo também e Carla nem se fala, com cinco aninhos não tinha nem como pegar a irmã no colo. Ela se aproximou do Enzo, ele estava roncando, ela tampou o nariz dele para ver se estava roncando de verdade, e ele se virou do outro lado, sempre dormindo. Estava dormindo mesmo, não podia ser ele.

Nina lembrou das mil histórias que se contavam sobre o sítio onde foi construída a casa da irmã. A casa surgia frente à igreja de São Domênico e, em tempos antigos, tinha sido um convento de freiras. Ciccittu, durante a construção, tinha até achado pequenos crânios e ossos.

Quando Flavia e Ciccittu entraram em casa e perguntaram se foi tudo bem, eles disseram que tudo tinha corrido bem, mas Nina não parava de pensar na neném debaixo do berço. E aquele barulho, se não tinha sido o portão, foi o quê? De repente, ela se lembrou de uma história que uma vizinha tinha contado. No segundo andar, tempos antes de Ciccittu comprar a casa e começar as reformas, morava um senhor distinto que um dia, do nada, se enforcou. Nina ficou pensando nele até pegar no sono, mas esse acontecimento nunca mais saiu de sua cabeça e sempre o relacionou com aquele antigo suicídio.

Histórias de fantasmas e superstições mais ou menos antigas continuavam a existir naquela Itália de 1955 que viu o lançamento do Fiat 600, sonho de consumo de uma geração e que custava 590 mil liras, a moeda de então. Era um carro pensado para a massa, considerando que o salário médio de um operário era de quarenta mil liras. Estavam em pleno *boom* mesmo, com as diferenças entre Norte mais industrializado e Sul mais agrícola. Era um *boom* se comparado ao período anterior, mas ainda estava longe de ser uma vida fácil, principalmente para famílias muito numerosas em que a única fonte de renda era o trabalho do homem. As mulheres ainda não trabalhavam fora de casa, o papel que elas tinham que cumprir era de mãe e esposa, algo que Flavia achava bem redutivo. Posso ser mãe, esposa e empreendedora também, pensava. Ela olhava a alfaiataria e pensava que provavelmente, em poucos anos, ninguém ia mais querer roupa feita por alfaiates porque as indústrias têxteis iam produzir e vender mais barato. Começou a pensar em colocar prateleiras com tecidos, meias e outros pequenos itens relacionados à alfaiataria. Aos poucos, foi tornando sua visão realidade.

No mesmo ano, mas do outro lado do oceano, outra mulher não se conformava com o que a sociedade impunha para ela. Rosa Parks, costureira do Alabama, em dezembro daquele ano se recusou a sentar no lugar do ônibus que era reservado à comunidade negra e em seguida se recusou a ceder o lugar para os brancos. Ela seria presa por violar as leis municipais, mas o acontecimento, e a atitude dela principalmente, seriam o estopim para um boicote de mais de um ano aos meios de transporte públicos por parte da comunidade afro-americana e para o nascimento do movimento pelos direitos civis, liderado por Martin Luther King.

Nos Estados Unidos, o país economicamente mais desenvolvido, no mesmo ano em que o primeiro micro-ondas foi produzido e Disneyland abria as portas em Los Angeles, uma mulher negra tinha sido presa por transgredir leis baseadas na segregação racial.

Elena

Estava lá carregando uns contratos no software da empresa quando começaram a conversar. Fazia um tempo que Elena a observava. No começo, nem tinha entendido que ela era romena. O sotaque de Pirri, um bairro da cidade onde elas moravam e trabalhavam, era bem forte.

Elena a achava muito solar e sempre sorridente. Do nada começaram e falar e, uma conversa aqui e outra lá, se tornaram confidentes.

Ela tinha vindo da Romênia anos antes para o intercâmbio e agora estava lá trabalhando e terminando a segunda graduação. Elena a admirava pela coragem, pela capacidade de viver sozinha em outro país, pelo fato de ser desinibida e sem filtros aparentes, pela felicidade que exalava.

Era parecida com ela em muitos aspectos e em outros ela era o que Elena queria se tornar. Livre e forte.

Elena não entendia o que Alexandra via nela de interessante, mas gostava de se olhar através dos olhos da amiga. Era como se ela conseguisse ver algo que estava escondido dentro da Elena e a ajudou a fazer brotar.

Era uma luta contínua, para Elena, essa tal de liberdade. Tinha horas que jurava saber o que ela queria e outras que nem sabia de onde começar a construir essa tão almejada liberdade. Ela não se sentia livre quando percebia que fazia coisas que os outros queriam que fizesse, ou que ela achava que os outros queriam. Por um tempo, confundiu liberdade com uma certa libertinagem, mas sentia que era algo mais amplo.

Do ponto de vista físico, ela podia ir aonde queria, mas a mente não a deixava. Então, ela percebeu que era algo que tinha a ver mais com os limites mentais herdados e aqueles que ela própria se impunha.

Foi nessa época que ela pensou que para quebrar esses limites mentais precisava superar os limites territoriais. Talvez os dois tipos de liberdade eram ligados, talvez a liberdade mental que ela queria podia ser consequência da expansão dos horizontes. O horizonte que ela conhecia era o mar, aquela linha branca que se fundia com o azul do mar quando ela mergulhava nas águas salgadas do Mediterrâneo. Talvez foi nesse momento que ela decidiu viver por um tempo em outro lugar, povoado de pessoas com diferentes costumes e tradições, diferentes comidas e diferente idioma. Estudar "o diferente" já não bastava mais, precisava vivê-lo, pensava Elena.

Enquanto Elena queria ir ao encontro do diferente, do outro lado do Mediterrâneo o diferente estava sendo cerceado, segregado, abatido.

Em junho de 2006, Israel tinha entrado de novo no Sul da Faixa de Gaza, bombardeando uma central elétrica e destruindo três pontes. O motivo deste novo ataque era a libertação de um militar israelense feito de refém por militantes do Hamas que queriam uma troca de prisioneiros. A escalada de violência, desde 1948, nunca parou. Foi suspensa às vezes, mas nunca acabou de vez. Um conflito sem fim, onde os palestinos perderam tudo, casa, terra e liberdade. Um conflito desproporcional, onde se exige que pessoas privadas de tudo e criadas em campos de refugiados, nas suas próprias terras, não se sintam impelidas a executar atos de rebeldia violenta. Ou que pessoas que ainda moram na própria casa, mas sujeitas à toque de recolher e atos arbitrários de violência, sejam razoáveis.

Um conflito que viu como atores secundários a Inglaterra, a ONU, os Estados Unidos e vários países árabes. Um conflito que começou como uma reparação, para aquelas comunidades de descendência hebraica que se encontravam havia séculos em muitos países da Europa e que foram vítimas do regime nazista e dos campos de concentração. Em 1948, uma resolução das Nações Unidas decretou o nascimento do Estado de Israel na Palestina com uma divisão territorial que prejudicava os palestinos, que ficariam somente com 44% das terras. A partir daquele ano, o conflito se expandiu, houve períodos de trégua e períodos de recrudescimento, como em 1967, quando Israel ocupou todos os territórios palestinos e parte do Egito e da Síria. Israel se tornando o opressor.

No ano de 2006, ex-militares israelenses e ex-prisioneiros palestinos se encontraram e deram início a um grupo chamado "Combatentes pela Paz", certos do fato de que os cidadãos comuns eram vítimas tanto de um lado quanto do outro. Um grupo que se denomina pacifista e que faz manifestações pacíficas pedindo o surgimento de dois estados que vivam em harmonia.

Utópico? Talvez, mas algo real fruto de décadas de guerras, conflitos, perdas. Algo transversal que quebra a identificação de um povo com quem o governa. Governos que obedecem a regras não escritas de alianças, de relações internacionais, de hegemonias criadas pelo sistema de produção que determina as nossas sociedades. Que influencia as nossas vidas e que determina o papel de cada país. No meio disso, sociedades complexas feitas de classes que vivem conforme valores diferentes e agem perseguindo interesses opostos dentro de limites criados por esse mesmo sistema de produção capitalista.

Liberdade relativa para os proletários do centro capitalista que se torna liberdade cerceada restrita e controlada na periferia do sistema. Isto Elena iria aprender no encontro com o outro, na vivência em outro país. A liberdade que ela procurava não estava em lugar algum, ainda era para ser pensada e construída.

Capítulo 7

Flavia

Enzo foi lá embaixo, sorrateiro, ver se a mãe e o pai estavam na alfaiataria e se estava tudo bem. Correu antes que eles pudessem vê-lo, foi chamar Maria Paola e Carla, que levou Simona também, e foram bater à porta do segundo andar, na casa da senhorita Luisella. Ela era uma senhorita que morava de aluguel no apartamento do segundo andar que Flavia e Ciccittu tinham reformado para ter um troco a mais no fim do mês. Ela era solteira, diretora da agência dos correios em Iglesias e não tinha filhos. E gostava daquelas quatro crianças sapecas.

— Boa noite, Dona Luisella — disse Maria Paola, quando ela abriu a porta.

Logo atrás da Maria Paola, olhando por cima do ombro, o rosto do Enzo e bem ao lado dele o olhar tímido da Carla, que segurava a mão de Simona, com aquele sorriso maroto.

— Boa noite, crianças. Podem entrar — disse ela, sorrindo.

Desde quando tinha comprado o televisor, as crianças apareciam com mais frequência. Gostavam de assistir àquelas primeiras novelas que estavam sendo produzidas. Os miseráveis era a favorita, mas aquele dia tinham ficado um pouco mais porque estavam de férias e Flavia sempre fechava mais tarde no verão, assim acabaram escutando as notícias.

— Como assim, um muro? — perguntou Enzo.

— No meio da cidade? — surpreendeu-se Maria Paola.

— Quem mora de um lado não vai poder mais ir para o outro? — investigou Carla.

— Que coisa mais esquisita! — sentenciou Simona.

O muro do qual eles estavam falando era o muro que iria dividir Berlim Leste de Berlim Oeste. Construído na noite entre os dias 12 e 13 de agosto de 1961, tinha como objetivo principal limitar a fuga de berlinenses do setor Leste da cidade ao setor Oeste. Ao fim da Segunda Guerra, a Alemanha tinha sido dividida em esferas de influências soviética e ocidental, contando nessa última Estados Unidos, Reino Unido e França. A Guerra Fria estava começando e a Alemanha era o cenário físico mais claro da divisão econômica e ideológica que estava sendo criada em nível internacional. Em 1949, foram criadas a República Democrática Alemã, tendo como capital Berlim Oriental, e a República Federal Alemã, tendo como capital Bonn. Berlim, que ficava no território da República Democrática, foi dividida também em setores de influência até a construção do famoso muro. A República Federal tinha recebido, assim como os outros países da Europa ocidental, cerca de um bilhão de dólares como parte do Plano Marshall para sua reconstrução, alavancando assim um desenvolvimento econômico que a República Democrática não conseguia estimular pelos ingentes danos provocados pelos bombardeios e pelo fato de que a União Soviética também tinha sofrido perdas enormes, tanto em termos humanos quanto em termos econômicos.

Aquele muro, no coração da Europa, foi o símbolo mais evidente da Guerra Fria. O Muro da Vergonha, assim chamado pelo lado ocidental, e Baluarte do Antifascismo, assim chamado pela parte oriental.

Um muro que simbolizava o abismo existente entre duas ideologias, um muro que negligenciava o esforço de milhares de jovens que combateram contra o nazi-fascismo, um muro que esquecia a morte desses jovens. Que negligenciou o papel da União Soviética na libertação do continente europeu.

Um muro concreto, de tijolos, que estimularia o surgimento de outros muros abstratos mas profundamente presentes em outros países europeus.

Enquanto nas cidades se construíam muros, Yuri Gagarin, a bordo do Vostok 1, dava a volta completa em órbita ao redor do planeta, como resultado da corrida ao espaço entre Estados Unidos e União Soviética, outra frente da Guerra Fria.

Elena

— Para mim, está concluída, fazendo aquelas correções que te passei e detalhando mais aquela outra parte, pode já fechar — disse a orientadora.

— Perfeito! — disse Elena, sorridente.

Estava fechando o trabalho de fim de curso e sobrava só mais uma prova para poder concluir a graduação. Na sessão de abril, já podia colar grau. Ciências Políticas, o que ela tinha decidido fazer já aos quinze anos, mas as possibilidades de trabalho eram muito reduzidas. Ela pensava em continuar a vida acadêmica, mas neste âmbito também estava começando a existir muita precariedade.

Elena estava confusa, preocupada com o futuro.

Quando ela ainda não tinha concluído o ensino médio, uma primeira reforma do mercado de trabalho tinha sido implementada, flexibilizando o tipo de contratação. O ano anterior, 2003, tinha sido aprovada em fevereiro pelo Parlamento a Lei 30, que regularizava ainda mais várias possibilidades de contratos precários, como o intermitente, o de projeto ou de colaboração continuada. A lei esclarecia também qual o papel das agências de emprego, que se tornaram alvo da raiva generalizada de uma geração que se encontrava com títulos de estudo elevado e nenhuma perspectiva de trabalho estável.

No dia 30 de outubro daquele ano, seis meses depois de Elena se formar e um mês depois de ganhar uma vaga sem bolsa no curso de doutorado de sua faculdade, duas bombas explodiram na agência de emprego Manpower e uma semana depois em mais outra agência, a Adecco, na cidade de Milão. Os ataques foram reivindicados por um grupo de anárquicos.

Novembro foi também o mês que viu ressurgir em Roma uma prática dos anos 1970, os *espropri proletari*, ou seja, compras em mercado que não eram pagas na base da ideia de que o trabalhador estava somente se apropriando de novo do fruto de seu trabalho.

A insatisfação gerada pelas várias reformas do trabalho, fruto de uma visão econômica neoliberal, alinhada ao centro de poder americano e europeu, estavam pintando um quadro avassalador para a classe trabalhadora, que em poucos anos se encontraria forçada a enfrentar uma crise econômica internacional de grandes proporções.

Uma insatisfação sem direção, porque o partido comunista italiano tinha desaguado, com repetidas cisões e dissidências, em um partido chamado de democrático que dos ideais comunistas não conservava mais nada, mesmo conservando representantes que, jovens, faziam parte do partido comunista. Era como se a passagem pela vida adulta e a velhice tivesse extirpado deles aqueles ideais. Na casa dos sessenta anos, engrossavam as filas do grande centro-esquerda, que a cada ano parecia correr sempre mais longe da esquerda.

Sem direção, a insatisfação e o medo, estimulados pela precariedade e pelo aumento da pobreza, poderiam ser apropriados e dirigidos por qualquer grupo, o que de fato aconteceria. Um deles tinha nascido o ano anterior, 2003, como movimento de ocupação e contra o Estado. CasaPound, movimento neofascista que ganharia sempre mais séquitos nos anos sucessivos.

Elena era preocupada sim, mas pensava que ainda era jovem, ainda tinha tempo para construir um futuro em que seus desejos pudessem ser realizados. Tinha esperança e força de vontade em grandes quantidades. Ainda.

Capítulo 8

Flavia

— Você viu isto? — falou o senhor que estava sentado à mesinha do café.

— Vi sim — respondeu o rapaz mais jovem que estava sentado com ele.

Enzo estava no café perto da estação, fazendo horário para pegar o trem e voltar para casa.

— É de uma gravidade absoluta, uma tentativa de golpe por parte do chefe dos *Carabinieri* — continuava o mais velho.

— Eles não nos querem no governo, não aceitam nem as mínimas aberturas que o Moro está dando — rebateu o mais jovem.

— E mesmo sendo um escândalo, com certeza não vai dar em nada, ninguém vai ser investigado.

— Com certeza! E tu viu onde iam ser confinados os políticos e sindicalistas definidos como perigosos? Na base de Capo Marrargiu, bem aqui.

Enzo entendeu que eram operários e, provavelmente, sindicalistas, pelo tom da conversa.

Enzo já tinha ouvido falar do escândalo nos corredores da universidade, naquele começo de fevereiro. O escândalo Sifar, o velho nome do Serviço secreto militar italiano. Conforme a reportagem do jornal *L'Espresso* no verão de 1964, três anos antes, existia um plano, chamado de plano Solo, que pretendia confinar determinados representantes do mundo político e sindical, enquanto os *Carabinieri* teriam assumido o controle das instituições, dos serviços públicos fundamentais (televisão, telefonia e ferrovias) e teriam ocupado em armas as sedes dos partidos de esquerda e as redações de alguns jornais, considerados de esquerda. O plano não foi realizado porque a crise do Governo de Aldo Moro, da Democracia Cristã, que tinha timidamente aberto aos partidos de esquerda, principalmente ao Partido Socialista, foi resolvida com uma substancial renúncia do Partido Socialista a reformas que eram pautas da esquerda.

Enzo já estava na universidade, naquele clima de mudança, de revolta dos estudantes que exigiam a reforma das universidades, tornando-as mais inclusivas e mais autônomas, mais próximas da realidade social daqueles anos que viam um aumento exponencial de estudantes matriculados nas universidades. Filhos daquela geração que tinha vivido a guerra e que pela maioria tinha concluído somente o ensino fundamental. Enzo era exemplo dessa geração. Flavia tinha concluído somente o ensino fundamental e já tinha começado a trabalhar na pequena venda de propriedade da Sociedade que explorava as minas, mas os filhos tinham que fazer a universidade. Objetivo que pôde ser alcançado não somente graças aos seus esforços mas como resultado da criação do Estado de Bem-Estar Social, onde a maioria dos serviços fundamentais eram públicos.

Os estudantes exigiam ter voz dentro da universidade, mas a reforma parecia não chegar nunca, mesmo anunciada pelo governo e, nessa espera, a insatisfação levou às primeiras ocupações dos principais ateneus. Roma, Pisa, Nápoles.

As conversas em casa em torno da mesa eram sempre as mesmas.

— O bom é que agora estão começando fortes protestos, inclusive lá na América, depois que aquele monge budista se incendiou no Vietnã e que os soldados americanos estão voltando para casa num caixão — dizia Maria Paola.

— Claro, é uma guerra injusta, imperialista, devem sair de lá — enfatizava Carla.

— Os Estados Unidos estão por dentro de qualquer conflito interno que exista em qualquer parte do mundo, só para cuidar dos próprios interesses, dos interesses do capital — frisava Enzo.

— Isso mesmo, bem isso que estávamos conversando com Claudio outro dia — rebatia Maria Paola.

— Eu quero saber é onde que vocês escutam essas baboseiras — perguntava Flavia. – Não que eu goste de americanos, já que ajudaram a derrubar o governo de Mussolini, mas se não fosse a ajuda deles, nossa economia não teria se desenvolvido, estaríamos ainda nos níveis de guerra e bem que eu queria ver vocês naquela época! Não iam ter todas essas roupas que vocês usam, não! E nem poderiam estudar como estão fazendo!

— Ah mãe, essa "ajuda" veio limitando nossa autonomia como país, veio como contrapartida para manter longe dos centros decisórios nacionais o Partido Comunista e o Socialista. Olha o escândalo Sifar... Foi o quê? Tentativa de golpe... Tudo influenciado por essa estúpida ideia de que as esquerdas não podem participar da vida política nacional — rebatia Enzo.

— Querem esquecer a contribuição dos *partigiani*, o movimento da Resistência... — complementou Maria Paola.

— E continuam dizendo que os americanos libertaram a Itália, que nada! Eles contribuíram é com a recomposição da Máfia na Sicília, isso sim — esclareceu Carla.

— O que é a Máfia? — perguntou Simona.

— Agora já deu — disse Flavia. — Comam em silêncio que o pai de vocês já está com dor de cabeça.

Por ironia do destino, Flavia, tão nostálgica da época fascista, teve filhos fiéis aos ideais de esquerda. Simona tinha somente doze anos, mas era extraordinariamente curiosa. Maria Paola, com 22 anos naquele começo de 1967, simpatizava com a plataforma do Partido Comunista por influência de Claudio, seu namorado. Enzo, 21 anos e estudante de Ciências Políticas, era próximo aos círculos socialistas e Carla, com seus dezessete anos, estava formando suas ideias graças às conversas dos irmãos e no círculo de amizades na escola. Faltava um ano para sua entrada na universidade e faltava um ano também para que os protestos nas universidades fossem reforçados pelas greves dos operários e pelas manifestações conjuntas. Faltava um ano para o *Outono Quente*.

Ciccittu observava, em silêncio. Sem deixar de perceber, com um certo prazer, que todos os seus filhos tinham herdado da mãe aquela garra quando se tratava de expor as próprias ideias.

Elena

Ela estava sentada olhando para aquelas pessoas. Logo que tinha chegado àquela casa, foi feito uma espécie de ritual, um tipo de cantiga na frente de um pergaminho.

— E aí Elena, alguma curiosidade? Está achando que a gente é louca? — perguntou o dono da casa.

— Não, que é isso, mas podem falar mais que eu vou escutando — disse Elena, rindo.

Um amigo da faculdade a tinha levado para conhecer o budismo. Uma específica doutrina budista que tinha sido fundada por um monge japonês na metade do século XIII e que agora estava presente em vários países, em todos os continentes. Ela estava gostando do que ouvia, já tinha se afastado da Igreja Católica anos antes, com grande desgosto da vó, que ia todos os domingos à igreja e que vivia conforme a doutrina católica.

Elena estava à procura de algo que pudesse explicar esse mundo com uma natureza perfeita, mas com uma sociedade tão desigual. À procura de algo que norteasse o agir do ser humano. No nível material, ela já tinha encontrado isso, logo que tinha começado a estudar o marxismo, mas precisava de algo que aquietasse seu lado espiritual sem entrar em conflito com o lado material da vida. E procurava.

Aquele primeiro dia ela saiu de lá contente, tinha sido uma conversa entre várias pessoas que compartilhavam sua experiência de vida. Na vida de Elena, não tinha tido até então nada de tão traumático, tirando os tormentos da adolescência. Naquelas reuniões, ela acabou conhecendo histórias de vida mais complicadas, pessoas fortes que se reconstruíram ou estavam se reconstruindo. Aquele budismo era bem massa, ela descobriu com o tempo. Não entrava em conflito com a ciência, não existia mito da criação, não existiam proibições externas, mas existia, sim, muita disciplina. Para se conhecer, para aceitar os próprios defeitos e para mudar as atitudes negativas. Existia meditação, mas não isolamento do mundo. Uma das frases que escutou naquele primeiro dia, e que se fincou em seu cérebro, foi *Budismo é vida diária*, e mais uma, *Desejos mundanos são iluminação*, ou seja, somente vivendo neste mundo e correndo atrás dos próprios sonhos, sem prejudicar os outros, podia ser possível alcançar o estado de iluminação. Iluminação era então entender que no mundo tinha sofrimento, porque somos seres falhos, com qualidades e defeitos, e a missão de cada um deveria ser se aprimorar no meio desse mundo. Aquela necessidade de transformação que Elena via no marxismo podia ser acompanhada por essa visão, movida pela transformação coletiva, do Budismo de Nichiren Daishonin.

Enquanto ela participava dos encontros e aprofundava o estudo do budismo, continuava nos seus estudos políticos. Entrando no biênio de especialização, tinha escolhido o endereço Político-Internacional com foco nos continentes asiático e africano. Enquanto ela estudava sobre partição destes dois continentes entre as potências europeias, imperialismo e descolonização, os tentáculos da doutrina neoliberal estavam começando a desmontar aquele Estado de Bem-Estar Social que nem os anos de chumbo tinham conseguido derrubar.

Era 2002, e o governo Berlusconi tinha apresentado um projeto de lei que modificava o Artigo 18 do Estatuto dos Trabalhadores, artigo que previa a reintegração do trabalhador em caso de demissão sem justa causa. Das três centrais sindicais, a CGIL, a mais combativa e mais ligada aos partidos de esquerda, foi a única que se opôs firmemente a qualquer tipo de modificação do artigo; proclamou a greve geral para abril, precedida por uma manifestação no dia 23 de março. Mas outros atores entraram em cena.

No dia 19 de março, perto das vinte horas, um senhor que estava descendo da bicicleta em frente à porta de sua casa foi morto com seis tiros. Aquele senhor era Marco Biagi, professor universitário e experto de direito do trabalho que tinha se tornado um símbolo das políticas de flexibilização do mercado do trabalho. A reivindicar o homicídio, as Novas Brigadas Vermelhas.

O atentado foi veementemente rechaçado pela Confederação Geral Italiana do Trabalho (CGIL) durante a manifestação prevista dois dias depois, mas a unidade entre as três centrais em relação à modificação do Artigo 18 já tinha sido comprometida tanto que a Confederação Italiana dos Sindicatos dos Trabalhadores (CISL) e a União Italiana do Trabalho (UIL) sentaram as mesas da negociação com o Governo.

O caminho estava sendo pavimentado para sucessivos ataques. E nem precisava mais de bombas como nos anos de chumbo. Agora até os partidos de centro esquerda estavam comprando a ideia da necessidade do desmonte, chamado com o nome neutro de reformas.

E a geração de Elena? Perdida, por enquanto.

Capítulo 9

Flavia

— Eu sabia que algo assim ia acontecer... Falei ontem mesmo para Carlo... Todos estes protestos não iam acabar bem. Estes comunistas estão botando fogo em tudo. E vêm essas crianças com essa fala de revolucionários querendo nos explicar o que está certo e o que está errado. Para nós, Dona Flavia, nós que vivemos a guerra. Eu falo para os meus filhos... Vocês estão muito que bem. Estão reclamando de barriga cheia. Um pouco de ordem precisamos, isso sim!

— Nem me fale, Dona Angelina. Agora esses jovens têm tudo que podem desejar e fazem o quê? Botar bomba num banco? Aonde já se viu? E aquelas pobres almas que morreram? Toda gente pobre. Isso é errado. Sabe o que é? Esses jovens de hoje têm tudo e não dão valor para nada. Estudam nas universidades para quê? Para crescer na vida? Não! Eles aprendem a se rebelar, isso sim — respondia Dona Flavia.

Dona Flavia, isso mesmo. Ninguém chamava mais ela de senhorita. Agora era Dona. Mulher casada, mãe de quatro filhos e dona de uma pequena lojinha. Vinte e cinco anos de casamento com Francesco, Ciccittu. Um quarto de século. Bodas de prata. Tinham feito a renovação dos votos em outubro e uma boa festinha com os parentes. E papai e mamãe estavam lá. E todas as irmãs e irmãos. E os filhos, claro. Maria Paola, Enziteddu, Carlotta e Simonetta. Ai, esses filhos preocupavam. Não que eles fossem problemáticos. O que preocupava Flavia eram a situação política e o futuro. Os primeiros três já estavam na universidade e Simonetta estava começando o ensino médio. Como é bom morar numa ilha, pensava Flavia. Este mar nos afasta, mas nos protege também. Os movimentos do continente chegavam com menos força, com menos violência, com menos carga revolucionária. Mesmo assim, chegavam. Enzo e Carla eram as maiores preocupações. Enzo com aquele grupo rock dele e todos os amigos com esse cabelão meio comprido. Os amigos da vila, ela conhecia todos. Esses jovens ficavam com essa ideia de socialismo na cabeça, contra a classe dominante e tudo mais, mas não eram violentos. Mas a universidade estava em outra cidade, eles viajavam de trem. Vai saber quem eles iam conhecer. E Carla? Carla era uma dupla preocupação para Flavia. Sonhadora. Parecia que vivia a maioria do tempo num mundo que os outros não podiam acessar. Só as irmãs, poucas vezes. A comunicação se dava no mundo compartilhado, mas mesmo sendo contínua, Flavia sentia que era parcial. Ela não chorava, nunca. Flavia não se lembrava de ter visto ela chorar após ter entrado na adolescência. E agora estava com dezenove anos. Dezenove anos e linda de morrer. E ela não tinha como controlar as consequências que isso podia trazer, nessa época de transformações e de libertação sexual.

— Dona Flavia, concordo com a senhora. Saindo na rua, brigando com a polícia, ocupando universidades. Uma pouca vergonha. Tinham é que agradecer para poder estudar. E agora isso. Disseram no jornal que foram os anarquistas. Anarquistas, comunistas, tudo a mesma coisa. Tudo gente à toa, que não acredita em nosso Deus. Que não vai à missa. Ouvi falar que eles praticam um tal de amor livre. Deus me livre! — disse Dona Angelina, fazendo o sinal da cruz e logo em seguida pegando o troco.

— Sim, eu escutei também. Uma pouca vergonha mesmo. Tomara que prendam esses criminosos e joguem a chave fora — replicou Dona Flavia, fechando o caixa. — Até domingo, Dona Angelina, a gente se vê na missa.

— Claro, Dona Flavia — confirmou Dona Angelina, carregando as sacolas.

Mal sabiam Dona Flavia e Dona Angelina que aquela seria a primeira de muitas bombas. Nem imaginavam que aquele 12 de dezembro de 1969 marcava o começo dos anos de chumbo. Uma década de radicalização política e de atentados. Após este no Banco da Agricultura em Milão que fez dezessete mortos e 88 feridos, Gioia Tauro, julho de 1970, seis mortos e 66 feridos. Peteano, maio de 1972, três mortos e dois feridos. Delegacia de Milão, maio de 1973, quatro mortos e 52 feridos. Bréscia, praça Della Loggia, maio de 1974, oito mortos e 102 feridos. Italicus, agosto de 1974, doze mortos e 105 feridos. Bolonha, estação central, agosto de 1980, 85 mortos e duzentos feridos.

Estratégia da tensão. *Desestabilizar para estabilizar.* O espírito revolucionário de 1968, que tinha se alastrado por todo o Ocidente e que começou na Itália com a contestação estudantil e a ocupação das universidades, continuou em 1969 quando os operários se juntaram aos estudantes e os puxaram para uma radicalização maior. Foi o Outono Quente, não eram mais só estudantes, eram operários, era luta sindical, eram greves. As altas esferas do poder se sentiram ameaçadas. Os Estados Unidos não estavam gostando da crescente influência do partido comunista. Bum. Primeira bomba. Culpados? Os anárquicos. Giuseppe Pinelli preso e defenestrado em um "trágico incidente". *Desestabilizar para estabilizar.* Efeito? Crescimento da esquerda extraparlamentar e da extrema direita. Manifestações, protestos, conflitos com a polícia, mortes. Bum. Outra bomba. Era 1974. Culpados? Extrema-direita. A esquerda extraparlamentar cresce, denuncia e se afasta do Partido Comunista. *Desestabilizar para estabilizar.* Funcionou. A luta se fragmentou, o espírito revolucionário perdeu fôlego. Bum. Era 1980, última bomba. Só para ter certeza de que vamos enterrar esse espírito revolucionário.

Dona Flavia e Dona Angelina não sabiam, pouco entendiam. A família era o centro, os afetos norteavam os pensamentos e a ação destas senhoras. E o medo do desconhecido também. Ainda não tinham chegado as feministas gritando nas ruas que "o privado é político".

ELENA

Gritos, choros. Sangue, excrementos. Costelas quebradas. Moças virando saco de pancada. Rapazes golpeados. Nas pernas, na cabeça, no peito. O barulho do cassetete batido nas grades das escadas. O terror. Alguém se fingiu morto. Para parar o massacre. Alguém acreditava estar já morto. O sangue, que da cabeça escorria nos olhos, não permitia mais enxergar. Só escutar. Vozes entoando cantos fascistas. Obrigando as vítimas a dizer "Viva o *Duce*", "Viva Pinochet".

Policiais com rosto coberto. Com uniforme, mas com o rosto coberto. Do outro lado, jovens de camisa e shorts. Era julho, estava quente. Estavam se preparando para a noite. Naquela escola que servia como dormitório improvisado, como quartel-general dos grupos antiglobalização.

Eles chegaram de toda Europa. França, Inglaterra, Alemanha, Espanha. Para protestar contra o G8. Contra as políticas neoliberais. Contra a União Europeia. Noventa e três deles estavam na Escola Diaz[12] naquela fatídica noite. Ninguém saiu ileso. Massacre. Organizado. Para assustar quem estava protestando pacificamente. Os pormenores deste massacre só viriam à tona anos depois. Naquele julho de 2001, Elena estava na faculdade, fazendo a prova de Política Econômica. Ironias do destino. Só disseram que a polícia tinha entrado na escola para prender os *black blocs*. Jornalistas de mídias alternativas e advogados foram silenciados.

Elena tinha 21 anos, muitos sonhos na cabeça, um coração em busca da paixão.

— E aí, você viu que ao final teve o morto? Era de esperar... Uma morte anunciada. O sistema de segurança todo montado para matar. Aquela morte simbólica que deve afrouxar as forças da resistência.

Quem falava era ele, a paixonite de Elena. Aquele moço do olhar esperto com uma serenidade aparente nos gestos. Parecia que ele nunca estava fora do lugar. E Elena subia o fascínio desta capacidade que ele tinha de estar sempre à vontade. Porque ela se sentia sempre tudo, menos que à vontade. Em qualquer lugar em que ela estivesse, estava sempre lá por metade. Pés para dentro e olhar para a porta. Para uma via de fuga. Porque vai que alguém questionasse o que ela estava fazendo ali e ela não tivesse uma resposta válida.

— Exatamente, concordo com você. E agora vão montando o cenário de culpabilidade da vítima. Ele estava com um extintor na mão, com o rosto coberto. O policial ficou com medo e atirou

---

12 Escola que tinha sido disponibilizada para hospedar os manifestantes que se encontravam em Gênova em ocasião do G8. Foi nesta escola que aconteceu o massacre descrito acima.

por legítima defesa. Como se um extintor não fosse algo fácil de esquivar, especialmente quando jogado de baixo para cima...
 Por uma primeira conversa, nada mal, pensava Elena. Tinha ficado de olho nele por muitos meses, mas nunca teve a coragem de falar algo. Esta era a oportunidade. Estavam sós. Esperando para entrar para a prova. Os amigos dele não vieram e os dela também não. Já tinham entrado de férias. Loucura querer fazer uma prova no fim de julho, diziam, daqui a setembro muda nada. Ela estava lá porque tinha pressa. Pressa de terminar a faculdade no prazo certo. Pressa de ir em frente. Pressa que começasse a vida. Sim, porque aquilo era só uma prova técnica. Ela não estava realmente vivendo. A vida era outra coisa, em outro lugar.
 Mal sabia Elena que aquela conversa ia ser o começo da vida. Vida verdadeira, estando presente em cada momento, presente consigo mesma. Não, os dois não namoraram. A partir daquele dia passaram muito tempo junto, tipo todas as aulas, almoços e jantas no refeitório. Todos os dias, de segunda a sexta. Os amigos dele e os amigos dela se juntaram. Formaram um único grupo. Até que um dia Elena não aguentou mais. Aquele sentimento, qualquer coisa fosse, tinha que sair. Até porque já estava se tornando motivo de piada, de olhares indiscretos dos amigos. E aí, um ano e meio depois aconteceu. O grande cisma, foi chamado. Não aquele do Oriente, entre Igreja Católica e Ortodoxa, não. O grande cisma na vida de Elena. E daquele grupo de jovens. Cada qual andava quietinho como que caminhando em cima de ovos. O equilíbrio era precário.
 Culpadas foram as palavras ditas num momento de muita emoção. Palavras que não cabiam mais no peito. Palavras pensadas mil vezes e mil vezes reprimidas lá no fundo da caixinha das inseguranças. Palavras arrotadas, ao final, porque o coração e a cabeça já estavam cheios. Entupidos.

— E se eu fosse apaixonada por você?

Silêncio. Bom, não era bem isso que Elena esperava. Foi o silêncio mais ensurdecedor que ela tinha escutado na vida.

— Acho que agora precisamos voltar. A gente se fala na próxima semana — respondeu ele depois de segundos intermináveis.

A próxima semana demorou seis meses para chegar. E veio cheia de raiva. Para ambos.

— O que te deu na cabeça?

— O que deu na tua, de não me responder nada?

— Eu achava que você era minha amiga mesmo, sabe?

— Mas tu é besta mesmo, não é? Claro que era sua amiga, mas também, como que tu não percebeu antes?

— Eu poderia até ter percebido, mas não era para você deixar explícito...

— Está bom, vai tomar naquele lugar.

— Você também.

Foi preciso mais um ano para os dois voltarem a falar. Para montar de novo um lugar comum onde poder se aproximar. Ele tinha ido à formatura dela. Calado. Ela tinha ido ao velório da mãe dele. Ele tinha começado uma relação com a paixão da adolescência. Ela tinha começado a ter relações sem futuro. Um beijo aqui, uma pegada ali.

E um dia chegou o epílogo. Ele estava na casa dela. No quarto dela. Tinha acabado a relação com a eterna paixão dele e estava quase para se formar. Elena estava aí, entre um trabalho precário e uma relação mais precária ainda.

— Eu estou somente curtindo, tá? Você não precisa se preocupar!

— Elena, ele tem uma namorada e ainda por cima ele é um bosta. Não é isso que você quer.

— E você sabe o que eu quero?

Alfinetada. Digna da neta de um alfaiate.

— Talvez não saiba o que você quer, mas sei que você merece mais do que ficar aqui esperando ele ligar pra você abrir as pernas.

A delicadeza não era algo que fazia parte da maneira como os dois se relacionavam. Nunca tinha sido.

— E se eu quisesse abrir as pernas? Já passou isso pela sua cabeça?

— Ah, pode ser, mas agora eu estou aqui. Você pode abrir as pernas em outro momento.

— E você pode dar licença também, não acha?

Sorriso. O dele. Outro sorriso. O dela. Cinco anos tinham passado daquele dia que falaram pela primeira vez, debaixo da árvore, esperando para fazer a prova de Política Econômica.

Cinco anos tinham passado do massacre da Escola Diaz. Os culpados para aquele massacre não foram punidos, mas foram individuados. Os detalhes do massacre foram tornados públicos.

Cinco anos e os nós entre eles estavam sendo desatados. Os golpes que deram um no outro. Os golpes que receberam da vida. Os golpes que se auto infligiram.

O sorriso de um para o sorriso da outra. Acabava a juventude e iniciava a vida adulta. Com o sorriso no rosto e a calmaria no coração.

Capítulo 10

Flavia

— Ele passou! — disse Carla, colocando o telefone no gancho.

— Ah, coisa boa! — respondeu Simona, com um sorriso.

Ele era Tonio, namorado de Carla há dois anos. O que ele tinha passado era o concurso para chefe de estação da cidade. Agora podiam casar com mais tranquilidade financeira.

Flavia escutou e ficou satisfeita também. Ele era um rapaz meio tímido, mas era de boa família, de uma família trabalhadora. Tirando aquelas ideias políticas, mas fazer o quê? Eram as mesmas das filhas, do filho e do outro genro. Essa juventude é assim mesmo, pensava.

Tonio era o segundo de três filhos, a mãe era dona de casa e o pai era agricultor e tinha também algumas vacas. Uma família decente, pensava Flavia. A régua que Flavia usava para medir a decência era feita de falta de problemas com a lei, falta de dívidas excessivas, falta de problemas com a bebida e presença na igreja aos domingos, ou pelo menos interiorização das atitudes cristãs. Ou aquelas atitudes que ela julgava corretas.

Tendo medido a decência, no resto dava para trabalhar.

Na casa da Flavia, tinha outro motivo de empolgação também. Ela não entendia o porquê, mas os filhos deram gritos de felicidade quando no dia 30 de abril o jornal da TV passou a notícia que lá longe, naquele tal de Vietnã, Saigon (hoje Ho Chi Minh) tinha caído sob o poder do Vietnã do Norte. Ela não via aqueles panfletos no quarto dos filhos os quais denunciavam e condenavam o uso do napalm por parte dos americanos durante o conflito. Também não estava presente nos corredores das universidades, onde anos antes se discutia o neoimperialismo dos Estado Unidos.

Ela vivia naquela pequena cidade, focada em ter o dinheiro suficiente para sua família, em cuidar da Igreja e viver em paz. Pobreza já tinha visto e medo já tinha sentido durante a guerra. Ela queria era tranquilidade, mas a situação política italiana não estava ainda completamente estabilizada. A estratégia da tensão, *desestabilizar para estabilizar*, tinha tido um certo efeito, mas ainda o Partido Comunista estava jogando algumas cartas.

Em março daquele ano, o 1975, o XIV Congresso do Partido Comunista tinha apostado no *compromisso histórico* elaborado por Berlinguer, que acreditava na necessidade de aproximação entre as forças comunista, socialista e católica democrática, na tentativa de marginalizar forças de extrema-direita e possíveis tentativas de golpes. Essa escolha do partido e as aproximações com a Democracia Cristã, longe de garantir o ingresso do partido no governo de maneira estável, marcaram o começo do declínio do Partido Comunista mesmo registrando um sucesso inicial.

O espantalho do comunismo ainda era usado sem dó tanto pelas forças conservadoras e de extrema-direita quanto por parte da Democracia Cristã, aquelas correntes menos propensas a fazer acordos.

Eh! Não temos estabilidade, pensava Flavia. A despeito do crescimento econômico, do crescimento do mercado de trabalho, das filhas, do filho e dos genros trabalhando de maneira estável, a política estava completamente instável e ela pressentia as recaídas perigosas desta instabilidade na sociedade.

Elena

Estavam na praça da cidade.
— Queria falar contigo, tem um tempinho? — disse Elena para o rapaz.
— Sim, pode falar — disse ele.
E não saíam palavras. Elena olhava para ele como se quisesse que ele lesse os pensamentos dela. Por uns dois minutos foi assim, até que ele conseguiu entender mesmo o que ela queria pedir sem precisar que ela falasse. Também não era nenhum segredo que ela gostava dele. Todo mundo na escola sabia bem da paixonite dela.
— Olha, eu acho que entendi o que você quer, mas acho que não rola — disse ele. — Quero ficar só agora.
Ele tinha acabado a relação com outra menina da escola e por isso Elena tinha começado outra investida, mas não estava dando certo, pelo visto.
— Aonde você vai agora? — perguntou ele.
— Vou para a reunião dos escoteiros — respondeu ela, meio decepcionada.
— Vou te acompanhar lá — replicou ele.
E foram caminhando lado a lado e falando de tudo, menos daquele fora que ela tinha acabado de levar.
Elena gostava mesmo dele. Sei lá o que ele tinha que a atraía bastante. Ele era meio tímido, não conversava muito no meio da turma, mas gostava de festas e de se divertir. Elena também era meio tímida naquela época, pelo menos com meninos de quem

ela gostava. Era um negócio complicado para ela. Não sabia se expressar muito bem nestas situações e não tinha muita autoestima em relação ao seu aspecto físico, mas foi. Tinha que dizer, vai que dava certo, pensava ela.

Enquanto ela, lá na Sardenha, estava lidando com a rejeição, um menino em uma cidade do outro lado do Mediterrâneo estava lidando com a ameaça à própria vida. Semso, assim se chamava o menino, tinha quase doze anos e vivia em Srebrenica, cidade da Bósnia Herzegovina. Uma cidade sob proteção das forças de paz da ONU durante a Guerra da Bósnia. No dia 11 de julho de 1995, tropas sérvias, comandadas por Ratko Mladic, entraram em Srebrenica e mataram todos os homens entre os doze e os setenta sete anos de idade, jogando os corpos em valas comuns. Semso Osmanovic se salvou porque um soldado o achou muito baixinho e o enviou para a cidade de Sarajevo. Outros da família de Semso não tiveram a mesma sorte. Morreram 8.373, em poucas noites, debaixo do nariz da ONU.

A Guerra da Bósnia foi uma das guerras, talvez a mais violenta, que aconteceram após a dissolução da antiga Iugoslávia, que começou em 1991 com as declarações de independência da Eslovênia e da Croácia, concomitantes aos surtos independentistas de algumas repúblicas da União Soviética.

Os sérvios presentes no território da Bósnia-Herzegovina não aceitavam a independência da Bósnia e queriam que os territórios, de maioria sérvia dentro da Bósnia, fossem cedidos à República Sérvia. O conflito durou até 1995 com envolvimento das forças de paz da ONU e se concluiu com o reconhecimento da República da Bósnia-Herzegovina e a condenação de políticos e militares sérvios pelas ações conhecidas como limpeza étnica.

Ratko Mladic seria condenado definitivamente pela Corte Europeia à prisão perpétua, 25 anos depois.

Disseram naquela década de 1990 que era o Fim da História. O bloco comunista tinha implodido, sobrava somente o bloco capitalista. O mundo bipolar deixava o palco para um mundo unipolar com os Estados Unidos como centro econômico, militar e diplomático.

Ninguém imaginava que em poucos anos a América Latina seria tomada por uma onda progressista que colocava em xeque a ideia de que não tinha alternativa ao capitalismo neoliberal.

O lema da Dama de Ferro, *There is no alternative*, começou a ser desafiado. Pela periferia. Pelo Sul.

Capítulo 11

Flavia

Estava sentada. Mil pensamentos na cabeça. Estava tentando rechaçar os negativos e focar somente nos positivos.

— Dona Flavia, pode entrar.

A expressão no rosto dele foi o começo da obscuridade. Ela não sabia que existia um lugar tão sombrio. Não dentro dela. As paredes brancas sumiram. O chão pulverizou-se debaixo dos seus pés.

— Sei que é difícil de enfrentar, mas é como suspeitávamos. Leucemia.

Ela queria revirar a mesa do médico. Queria jogar a prateleira de vidro com os remédios à vista. Queria gritar. Queria, mas não fez nada disso.

Voltou com a cabeça àquelas manchas roxas. Ela pensava que fosse Claudio que fazia aquilo nela, naquelas brincadeiras tolas de jovens. Voltou com a cabeça àquele cansaço, quando ela dizia: "Mãe, sinto muita dor nos ossos."

Ela não conseguia escutar a voz do médico. Via-o, mas era como se fosse, aos poucos, engolido por uma nuvem opaca. Ou talvez era ela que estava sendo engolida. Por um abismo.

Sua filhinha. A primogênita. A mais sossegada, aquela que dava menos problemas. Sua companheira. Deus, que é isso? Flavia nunca tinha duvidado que ela e Deus tinham uma relação privilegiada. Ela sempre falou com ele, desde pequena. Ele sempre atendeu seus pedidos. E ela, em troca, levava toda a família para a igreja, cuidava da limpeza da igreja, se certificava de que perto do altar as flores fossem sempre frescas. Alternava-se com as outras senhoras na leitura dos Salmos. O padre era como se fosse um irmão. E agora, meu Deus, o que é isso? Pela primeira vez ela pensou que Deus não estava mais aí. Ele não ia permitir uma barbaridade dessa. Satanás tinha chegado.

— Dona Flavia, a senhora precisa trazê-la aqui. Precisamos interná-la e começar as transfusões.

A viagem de trem foi a mais longa da vida dela. O que dizer? Como explicar? Deus, vem aqui. Ela decidiu dar outra chance para esse Deus. Eu não entendo isso, mas tudo bem. Me ajuda. Que vou fazer?

Ninguém conseguiu escutar aquela conversa. A mocinha que voltava da faculdade só via uma senhora chorando baixinho. O bancário, entre uma lida do jornal e uma olhada à janela, jurou ter visto uma senhora com um olhar enfurecido. A cabeleireira, voltando de um curso profissionalizante, ficou se questionando o que poderia ter decepcionado tanto aquela senhora distinta. Chegando à estação, seu Mario, o chefe da estação, viu a mesma Dona Flavia de sempre. Talvez um pouco triste, mas com a expressão determinada de qualquer outro dia.

— Então, meu Senhor, que eu faço?

— O que você sempre fez. Levante-se, bote um sorriso nesse rosto e olhe para frente. E cante, não pare. Do resto, eu cuido.

Ninguém conseguiu escutar, mas foi mais ou menos assim que a conversa se deu.

Assim que Flavia se lembrava daquele dia. Já tinham passado seis anos. E Maria Paola estava ainda ao seu lado. Às vezes alegre, às vezes mais debilitada. Não estava bem ao seu lado porque tinha casado, com Claudio, mas a cidade era pequena. Via ela quando queria. Que nem hoje. Maria Paola chamou-a para ir tomar um café. Flavia deixou Ciccittu na lojinha e foi.

— Então, mãe — disse Maria Paola, servindo café para a mãe — a senhora sabe que fui atrás para resolver a adoção daquele menino... Bom, deu certo. Daqui a duas semanas, vou poder trazer ele aqui em casa!

Flavia estava feliz, pela filha, mas também preocupada. O menino tinha sido tirado aos país biológicos porque completamente entregues ao vício. Viviam bêbados. E o menino tinha um leve retardo mental. Flavia não sabia bem como isso tinha acontecido, mas a filha estava confiante. E feliz. Então ela também era. O rosto dela estava iluminado. Fazia tempo que não via a filha assim. Nunca ia esquecer aquele dia de felicidade.

A história também não ia permitir que aquele dia caísse no esquecimento. Nove de maio de 1978. O noticiário da hora do almoço trouxe a notícia que Aldo Moro tinha sido encontrado morto num Renault em via Caetani, em Roma, perto da sede do Partido Comunista italiano e da sede do Partido da Democracia Cristã. Descoberta simbólica.

Aldo Moro era o presidente da Democracia Cristã (DC), partido que, com o beneplácito dos Estados Unidos, governava a Itália desde o fim da Segunda Guerra. Desde o começo da década de 1970, a corrente liderada por Moro dentro da DC ia se aproximando do Partido Comunista naquele que ficou conhecido como o *compromisso histórico*. Após um sequestro de 55 dias, o epílogo. Morto num porta-malas. Executores do sequestro e do assassinato, as Brigadas Vermelhas que, conforme os comunicados, viam a Democracia cristã como o cerne do imperialismo no território italiano. Ainda mais, este atentado ia complicar o caminho do Partido Comunista para o governo e ia, possivelmente, abrir o caminho para a deflagração da revolução. Nada disso aconteceu, muito pelo contrário. O Partido Comunista começou seu longo declínio e as Brigadas Vermelhas desapareceram do mapa. Teve quem dissesse que os Estados Unidos queriam Moro fora do jogo. Quem sugerisse que as Brigadas Vermelhas naquela época eram lideradas por infiltrados. Quem enfatizasse a presença de generais e outros militares italianos no lugar do sequestro, do cativeiro e, depois, da descoberta do corpo. Até a maçonaria foi chamada em causa. E a União Soviética. E Israel. Roma se tornou, naqueles 55 dias, o centro das intrigas mundiais. A década de 1970 foi inaugurada com choques do petróleo, queda de produtividade, queda da taxa de lucro e uma progressiva reestruturação produtiva alavancada por políticas neoliberais. O Estado de Bem-Estar Social estava sendo golpeado por todo lado. Na Itália não ia ser diferente. Moro era símbolo de uma política de compromisso que o capital internacional não podia mais permitir. A luta de classe deveria ser inviabilizada não mais pela captação, mas pela repressão, pelo acirramento, pelos arrochos. Ano de 1973, Chile, Pinochet. Laboratório das novas políticas. Ano de 1979, Reino Unido, Thatcher. Ano de 1980, Estados Unidos, Reagan. Aldo Moro foi sacrificado no altar do novo modelo de acumulação. Assim como o folego revolucionário dos anos de chumbo.

Flavia não podia saber, mas assim como o corpo da filha adorada era sujeito a cansaço, hematomas e infecções por causa da diminuição de glóbulos vermelhos, assim o mundo inteiro estava entrando na fase crônica da crise capitalista. Cansaço na Europa, hematomas nos Estados Unidos, infecções na América Latina. Desemprego, fome, mortes. Obscuridade. Abismo.

Elena

Via d'Amelio em Palermo. Era tardezinha de um verão muito quente. Um senhor muito elegante tinha descido rapidamente de um carro junto com outros rapazes. Paolo era o nome dele. Estava indo visitar a mãe. Ele se aproximou da campainha do prédio e estava quase para tocar. Lepanto, Maria Pia. O nome da mãe foi a última coisa que ele conseguiu enxergar. Um Fiat 126 explodiu. Com ele, o corpo dele e de quatro rapazes. E de uma moça, a única mulher da escolta dele. O juiz Paolo Borsellino. Juiz da equipe antimáfia. Colega e amigo fraterno de Giovanni Falcone. O mesmo que tinha morrido havia dois meses. Explosão também. A Itália, desde 1969, tinha se tornado um país onde você podia morrer de explosão. Sair de casa para comprar cigarros e desaparecer numa explosão. Paolo sabia que era questão de tempo, tenho pressa, dizia repetidamente nos dias após a morte de Giovanni. Ele sabia ser um cadáver ambulante.

Elena estava na chácara com os pais. Brincando de boneca junto com a amiguinha. De repente, o pai, que estava mexendo com plantas, chamou a mãe. Chamou de novo. A mãe apareceu. Escute aqui, disse para ela, indicando o rádio. As expressões consternadas dos pais deixaram Elena perplexa. O pai dizia que alguém tinha morrido, a mãe disse que ia ligar a TV. Foram para dentro de casa e Elena foi atrás. Quando ligaram a TV, Elena não conseguia entender muito. Tinha muitas pessoas numa rua, tinha muita fumaça, prédios pretos de queimados. Logo em seguida, apareceu na telona um velhinho dizendo "Acabou tudo". O repórter questionou "Por quê, doutor Caponnetto?". Elena olhava para o velhinho e pensava que nunca tinha visto uma expressão tão triste, desarmada, preocupada, apavorada. O velhinho segurou a mão do repórter que segurava o microfone e disse: "Não me deixe falar mais uma palavra...".

O velhinho que Elena viu era Antonino Caponnetto. Magistrado e chefe da equipe antimáfia até dois anos antes. Um homem que tinha visto morrer dois amigos, dois colegas de trabalho. E que tinha uma boa compreensão do que estava acontecendo. Não me deixe falar mais uma palavra, ele disse. E foi embora. Logo depois se arrependeu de ter dito que tudo tinha acabado. Percebeu que tinha que continuar lutando, honrar a memória dos dois amigos. Após a morte de Paolo Borsellino, mesmo não acabando tudo, as coisas pararam. Pareceu que a Máfia tinha voltado na sombra. Faltava pouco para que outra equipe de magistrados, "Mãos Limpas", tomasse os holofotes. E acelerasse o fim da decrépita Primeira República e o começo da Segunda, mais decrépita que a primeira, mas cheirando a novo. A algo diferente.

Era 1992 e Elena brincava ainda de boneca. Bonecas, mas também longos passeios de bicicleta e olhares furtivos com os moços da escola. Era uma época de transição. Assim como ia se passar da Primeira para a Segunda República, Elena estava vivendo a transição do ensino fundamental II. Agora estava de férias, mas às vezes nos passeios na praça da cidade ela via muitos moços bonitos. As amigas escoteiras já contavam de beijos apaixonados. E às vezes de algo mais. Elena sentia um leve desconforto em pensar que pudesse existir mais que beijos nessa idade. Ela escutava, mas com muito receio. Ela sonhava mesmo era com abraços e beijos. Ela tinha pressa também. Como se existisse um prazo. Como se, se ela não conseguisse beijar ninguém até o fim destas férias, pudesse começar já sua carreira de solteirona.

Um dia, ela estava com uma das amigas num desses passeios na praça. A amiga estava com o namoradinho e ele tinha um amigo. Elena olhava para esse amigo. Não era exatamente o que ela imaginava como par romântico. Até que ele era simpático, engraçado, mas Elena, mesmo não conseguindo traduzir em palavras, intuía que a atração era feita também de cheiros, de maneira de andar, sentar, olhar, rir. Simplesmente não tinha aquela famosa química. Mas o beijo aconteceu, naquela pressa de ficar solteirona. E foi bem esquisito. Molhado demais, rápido demais. Sem abraços, sem olhares cúmplices. Que nem tirar uma cárie. O dentista manda abrir a boca e começa a trabalhar. Ele se aproximou e fez. Elena não conseguia acompanhar aquela pressa dele. Aquela imposição de língua. Estavam em defasagem desde o primeiro olhar. Quando ele julgou ter terminado a performance, se afastou, olhou para ela com um meio sorriso e ela ainda tonta de tanto turbinar, falou: "Está ok, vou indo correndo que minha mãe está me esperando."

Ela precisava de tempo para processar aquilo. Não o beijo em si, mas o fato de ter beijado. Pronto, tinha passado de nível. Não era mais uma criança. Agora podia participar das rodas de conversa sem se sentir em defeito. Com alguma coisa faltando. Já chega dessa sensação de inadequação, pensava. Em sua ingenuidade, não sabia que a inadequação iria acompanhá-la por toda sua vida. Nem suspeitava que essa sensação de inadequação iria se tornar sua melhor amiga. Iria impulsioná-la ao movimento constante. Elena não conseguia perceber naquela época a mesma sensação de inadequação nos outros. Nos amigos, nos pais, nos professores. Elena queria muito se encaixar, por isso desafiava a inadequação.

Para cada inadequação, uma transição. Mesmo que o desconhecido a assustasse, não era nada em comparação com o pavor que ela sentia de estar presa em algo onde ela não cabia mais.

Capítulo 12

Flavia

Era setembro. O calor já estava diminuindo, estava começando o outono. Lenin estava pensando que as duas semanas de férias tinham quase evaporado. Foi tão rápido. E ele já não estava mais jovem. Sentia todo o peso dos seus 57 anos. Era marechal da polícia, Lenin. Aquela manhã, como todas as manhãs, estava fora da casa de Cesare, esperando-o para ir ao trabalho. Cesare desceu e sentou no lugar do motorista. Pegou uma ruazinha paralela mas ela estava fechada por uma grade aquela manhã. Nem tiveram tempo de se perguntar por quê. Apareceram algumas pessoas e começaram a atirar. Cesare tentou ir embora de ré e Lenin tentou atirar com sua Beretta, mas não adiantou. Cesare morreu no carro enquanto Lenin fecharia os olhos para sempre poucas horas depois, no hospital.

Cesare se chamava Terranova e era magistrado que se ocupava da Máfia em Palermo. Lenin Mancuso, marechal da polícia, se ocupava da escolta de Cesare e era também seu colaborador. Quem atirou? Um tal de Buscetta, Tommaso, contará alguns anos depois para Giovanni Falcone que o mandante era Luciano Liggio, do clã de Corleone, e os executores materiais eram outros membros do mesmo clã. O homicídio do magistrado, naquele setembro de 1979, foi o prelúdio da segunda guerra da Máfia. Um conflito entre clãs rivais, mas também uma ameaça ao Estado italiano, direcionada principalmente ao setor judiciário e à polícia. Desta guerra interna a *Cosa Nostra*, assim a Máfia siciliana falava de si mesma, o clã de Corleone sairia como vencedor, depois de ter aniquilado, por meio de contínuos homicídios, as famílias rivais.

Luciano Liggio, filho de família camponesa, naquela Sicília pós-Segunda Guerra, filiou-se bem jovem à *Cosa Nostra*, que naqueles anos aproveitou, graças ao apoio dos Estados Unidos, que se serviram de alguns mafiosos para entrar em Sicília e subir a península na chamada Libertação da Itália, para se reorganizar no território. Organização que incluía o controle das terras e a repressão dos movimentos de ocupação dos camponeses liderados por sindicalistas, entre eles Placido Rizzotto, morto em 1948. Desse homicídio foi acusado o próprio Luciano Liggio, depois absolvido por insuficiência de provas. Quando Cesare Terranova foi assassinado, Luciano Liggio se encontrava preso, condenado à prisão perpétua pelo próprio Terranova, cinco anos antes. Ele morreu na Prisão de Badu'e Carros, presídio de máxima segurança destinado principalmente a terroristas e mafiosos, na Sardenha.

Aquela Sardenha onde Flavia morava junto a sua família. Uma família que estava se ampliando sempre mais. Fabiano, Erika e Giacomo já alegravam, e muito, a sua vida e aquele 1979 a tinha presenteado com mais dois netos. Francesco, filho de Carla, em fevereiro, e Andrea, filho de Simona, em novembro. Era vó agora. Ela pensava em como a vida tinha corrido rápido. Às vezes, voltavam na cabeça imagens de quando ela trabalhava na pequena venda, de quando com quinze anos sonhava em seu futuro. O presente dela era o futuro que ela sonhava naquela época de guerra? Ela dizia a si mesma que sim. A única coisa era aquela doença. Nunca ela poderia ter imaginado tanto sofrimento. Ela ficava imaginando onde, em qual momento aquela anomalia do DNA tinha nascido. E por quê? Por que em Maria Paola? Não encontrava respostas, mas mesmo não querendo se atormentava com esses pensamentos. Eram como uma sombra que atravessava seus sorrisos, um tremor quando abraçava alguém, uma lágrima quando estava sozinha.

Uma perturbação, um distúrbio. Algo que não deveria existir.

Elena

Elena nunca tinha visto a neve. Foi uma alegria imensa fazer bonecos de neve, fazer batalha de bola de neve com o irmão Francesco e os primos. Nem reclamava do frio. Nunca tinha estado tão frio na Sardenha e não era normal que nevasse, muito pelo contrário, era algo bem raro. Por esta razão, também a joia das crianças.

Era 1985 e Elena, com cinco anos, estava ainda no ensino infantil. Francesco já estava no ensino fundamental e tinha aprendido a escrever. Elena se sentava perto dele enquanto ele fazia as tarefas e tentava reproduzir o que ele escrevia.

A creche aonde ela ia era de freiras e elas eram muito rígidas. A freira que dava aula para sua turminha era *Suor*[13] Licia e ela até que gostava, ela não tinha o rosto fechado e feio daquela outra que dava aula para a outra turma. Ainda bem, pensava Elena. Ela e os seus coleguinhas passavam o tempo brincando, cantando e correndo no jardim, mas tinha horas que era meio tenso. Como aquela vez em que todas as crianças foram forçadas a ficar no salão em silêncio até que a criança que tinha jogado todo o papel hi-

---
[13] Freira

giênico no vaso, entupindo-o, confessasse. A espera durou umas três horas com sermões contínuos por partes das freiras que se revezam nas reprimendas. Ou aquela vez que elas queriam que Elena comesse os tomates. Elena não gostava de verdura, tomates especialmente. Nem os pais, com as mil tentativas feitas por muito anos, tinham conseguido fazê-la comer tomates, mas as freiras eram intransigentes. Falaram para Elena que ela ia ficar no refeitório até comer os tomates ou até a mãe dela vir buscá-la, que ia perder as brincadeiras do começo da tarde no jardim. Elena ficou muito chateada justamente por isso, por perder as brincadeiras no jardim. Mas fazer o quê? Ela não ia comer os tomates mesmo. Passou um tempinho, depois que todas as crianças tinham saído, pensando onde podia colocar aqueles tomates. No bolso do jaleco, pensou. Não, ia sujar tudo e as freiras iam perceber. No refeitório, tinha alguns vasos grandes com plantas e ela pensou em cavar um pouco a terra e colocar os tomates aí, mas ia sujar as mãos de terra e o banheiro estava longe do refeitório. Tentou até abrir a porta do refeitório para ver se as freiras estavam por perto, mas elas deviam ter trancado mesmo, então ela decidiu esperar a chegada da mãe. Ficou sentada na cadeira do refeitório olhando para aqueles tomates por um bom tempo e o desgosto por eles só aumentava. Se as freiras esperavam que naquela situação ela comesse, estavam muito enganadas. Depois daquele dia, o desgosto foi até maior. As freiras esperaram uns quarenta minutos vigiando o que ela estava fazendo da janelinha do refeitório até realizar que aquela menina era realmente teimosa e fizeram-na sair. Quando a mãe chegou para buscá-la, deu altas gargalhadas pelo que as freiras contaram. Ela bem conhecia essa teimosia.

A Elena gostava de ouvir a risada da mãe, que naqueles tempos tinha diminuído. Elena não entendia muito bem mas sabia que sua tia Paola, irmã da mãe, não estava bem. Ela era muito magra, principalmente no rosto. Ela parecia muito com sua mãe, mas a mãe tinha as bochechas bem fofas. A tia não, e mesmo quando sorria, Elena percebia aquele olhar cansado.

Aquele 25 de fevereiro devia ser um dia de festa, porque era o aniversário de seu irmão Francesco, mas não teve festa nenhuma. Por cada lado que Elena olhasse, eram somente lágrimas, tristeza. A tia Paola morreu, disseram. Ela não sabia o que significava isso, só entendia que ela não estava mais ali. Tinha ido para outro lugar e Elena não sabia onde ficar. A mãe chorava, a vó estava como que cercada de uma sombra escura. O tio e a tia também não estavam com uma cara boa. E o vovozinho dela estava mais silencioso do que nunca. Conseguia ficar só perto do pai e do irmão, que como ela pouco entendia.

Ela não sabia o que era essa tal de morte. Nunca tinha morrido ninguém perto dela, deviam se passar mais uns vinte anos para ela entender o que significava a perda, a dor da ausência. Quando morreu seu avô Ciccittu, ela conseguiu entender o que se passou naquele dia da morte da tia. O que sua mãe e seus tios estavam sentindo.

Um vazio imenso. O que a vó sentia ela não sabia. Nem com 25 anos ela podia imaginar o que era aquela fenda no coração, aquele abismo que abria cada dia no coração da vó.

Capítulo 13

1980

Flavia estava na correria. Tonio já tinha ligado dizendo que Carla estava com as contrações bem fortes e que não queria sair de casa se a mãe não chegasse. Ela estava se organizando para ir, estava quase saindo quando Tonio ligou de novo e falou que a bolsa tinha estourado e que estavam correndo para o hospital. Flavia colocou o telefone no gancho, pegou as chaves do carro, desceu as escadas correndo e se enfiou no Fiat 127 branco. Girou a chave e acelerou.

Elena estava em um lugar bem apertado, fazia já um tempinho que estava lá. Agora estava um pouco mais claro que antes e conseguia ouvir vozes mais claramente. Escutava a voz de uma mulher e de um homem e, mais recentemente, de uma criancinha. Aquela manhã, as vozes da mulher e do homem estavam meio alteradas, ela não entendia muito bem do que estavam falando, mas entendia que estavam querendo libertá-la, parecia que estavam falando que tinha chegado a hora. A criancinha chorava por aí perto, dizendo que estava com sono, mas o homem não quis nem saber. Falou para ele que ia dormir depois, que agora tinham que ir para um tal de *pital*, conhecer a *imã*. Elena não estava entendendo nada, mas de repente sentiu um barulhão, como se fosse água escorrendo aí perto e percebeu que estava com mais espaço. Começou a se movimentar, os braços, as pernas e viu uma espécie de luz num ponto perto dela. Ah, eles devem ter aberto a porta. Posso sair!

Flavia estacionou bem na hora que Tonio e Carla tinham acabado de entrar no hospital. Foi um minuto. Deitaram ela na maca e a última contração trouxe aquele serzinho. Era menina! Até que enfim tinha chegado outra menina! Levaram mãe e filha para o quarto e deram a primeira assistência. Demorou um pouco para Flavia poder ver a neta.

Elena seguiu aquela luz e saiu num lugar muito luminoso e não entendeu por que um rapaz a pegou pelas pernas e deu um tapa em sua bunda. Que tipo de recepção era aquela?

Depois de um pouco, levaram-na para aquela voz que ela conhecia bem. Que cheiro gostoso! Ela a abraçou e deu muitos beijinhos na bochecha. Bem mais tarde, ela abriu os olhos e conseguiu enxergar um pouquinho melhor, parecia uma moça bem bonita! Perto dela estava aquela voz de homem que também conhecia bem, parecia que ele estava se apresentando, dizia se chamar de *papà*. Ela nem precisou falar o nome dela, pelo visto eles já sabiam, porque não paravam de dizer Elena você chegou, que linda Elena, Elena, Elena, Elena.

Mais tarde, chegou uma senhora com uma criancinha. A voz da criancinha ela conhecia bem, era aquela que gritava e chorava perto dela nos últimos tempos. Elena ficou encabulada com a senhora, tinha certeza de que já tinha ouvido a voz dela também. A senhora se aproximou dela e Elena olhou naqueles olhos escuros. Sua vista ainda não era muito boa, depois de tantos meses de escuridão, mas percebeu que a senhora estava sorrindo, olhando para ela e dizendo *Non-na*, eu sou *Non-na*. Esse povo tem todos nomes esquisitos, pensou Elena.

Flavia pegou Elena no colo e beijou suas bochechinhas. Que menina linda, pensou.

E foi assim que Flavia e Elena se conheceram naquela pequena cidade, naquela ilha do Mediterrâneo. Encontro de duas vidas. De duas mulheres que carregavam uma o passado nas costas e a outra o futuro nos olhos. Duas mulheres que por muita sorte se encontraram como avó e neta.

*F*IM